迷宮都市の錬金薬師

覚醒スキル【製薬】で今度こそ幸せに暮らします!

［著］
織部ソマリ
Oribe Somari

［ill.］
ガラスノ

ギュスターヴ
冒険者ギルド長。
赤ん坊だったロイを拾い、
色々世話を焼いてくれている。
プラム
迷宮で出会ったスライム。
目や口はないけど、感情表現が豊か。
ロイ
本作の主人公。
ある日【製薬】スキルが覚醒し、
人生が一変する。
薬作りへの探求心がとても強い。
リディ
ハーフエルフの冒険者。
素直な性格。純粋すぎて、
ちょっぴり危なっかしい。
CHARACTERS

アルベール
巨大な冒険者集団の
リーダーを務める貴族。
誰にでも優しく勇敢。
ベアトリス
世界に数人しかいない
錬金術師のうちの一人。
不思議なオーラをまとっている。
ククルル
猫の妖精ケットシーの子供。
古文書が大好きで
収集癖がある。

第一章　僕とぼく

「いつかあの空の下に行きたいな」

見上げたのは、遥《はる》か頭上に見える小さな窓。

ぼくは石壁に囲まれたこの部屋で、僅《わず》かに差し込む窓からの光を見つめていた。

あちら……には何があるんだろう？

ぼくが生きる、ここにあるのは冷たい石の床と壁。そして壁一面に生えた植物と仲間たち。

頑丈《がんじょう》そうな黒い扉と、十字の格子《こうし》が嵌《は》まった高い高い場所にある小窓。

そこから覗《のぞ》く青色が『空』だと知ったのはいつだっただろう？

たまに格子からこちらを覗き込み、囀《さえず》るものが『鳥』だと知ったのは、『鳥』が『空』を飛ぶと知ったのはいつだったろう。

――ぼくが、ここから出られないと知ったのはいつだった？

「いつか……」

ぼくは身をふるりと震わせ、遥か高い小窓を見上げてそう呟《つぶや》いた。

◆
◆
◆

「またあの夢かぁ」

僕はハァと溜息《ためいき》を一つ零《こぼ》して起き上がった。

小さな頃から何度も繰り返し見る夢だ。

初めは窓がぼんやり見えていただけだったけど、そのうち緑生《お》い茂《しげ》る壁が、大きくて黒い扉が、手にした植物が。

視野が広がるように、年々鮮明に見えるようになってきている。

「あの部屋、どこなんだろうなぁ……」

覚えはないけど、もしかしたら僕が生まれた場所だったりして？

「でも、それにしては変な場所だよね」

首から下げた小さな守《まも》り袋《ぶくろ》を握りしめ、呟いた。


——僕は、十二年前に森で拾われた子だ。

この守り袋は、赤ん坊の僕が唯一《ゆいいつ》持っていたもの。

袋の中には、僕の瞳と同じ色をした翠色《みどりいろ》の結晶が入っている。

見た目は半透明で水晶や魔石《ませき》に似てるけど、魔石ではないそうだ。

「一体なんの結晶なんだろうなぁ」

魔石は魔力の塊だ。

大きさや含まれている魔力量、帯びている属性も様々。魔素が濃い場所や魔物から採取できる。

魔石は便利な魔道具の動力源として使われたり、魔法を付与して武器に仕込んだりもする。

ふと、僕は守り袋から結晶を取り出し、窓から差し込む光にかざしてみる。

久しぶりに見るけど、やっぱり綺麗だ。

魔石ではないこれが、仮に無価値なものだったとしても、捨て子だった僕の唯一の持ち物だ。

僕のルーツに関わっているかもしれないし、それに本当にお守りの効力があるかもしれない。

いい人に拾われ、今日まで生きてこられたんだもん。

これからもお守りとして肌身離さず身に着けておこうと思う。

「んんー……！」

僕は翠色の結晶を袋にしまい、伸びをしてベッドから下りる。

昨夜は急ぎだとかで、深夜まで薬草の下拵《したごしら》えをしていたのでまだ眠い。

若旦那《わかだんな》さんの気まぐれか意地悪か、なぜか僕一人でやらされたので、酷使《こくし》した腕が怠《だる》い。

本当なら食事当番がある今日は、もっと早起きして朝の仕事に行かなきゃいけなかったけど、見かねた仲間が代わってくれた。

おかげで少しゆっくり寝られたけど、たぶんそろそろ――

「おい！　ロイ！　いつまで寝てんだ！　ひとっ走《ぱし》り使いに行ってこい！」

「うわっ、やっぱり！　はいっ！　すぐに行きます、若旦那さん！」

僕は慌《あわ》てて大声で返事をすると、急いで寝巻《ねまき》を脱ぎ捨て、くたびれたシャツに袖《そで》を通す。

水差しから小さな盥《たらい》に水を注《そそ》ぎ、バシャバシャッと顔を洗ってうがいもする。

濡《ぬ》れたままの手で寝癖《ねぐせ》のついた髪を撫《な》で付《つ》けたら、そろそろ千切《ちぎ》れそうな靴紐をキュッと結んだ。

住み込みで働いている魔法薬店《まほうやくてん》は、地下一階、地上四階の建物で、店舗兼《てんぽけん》、工房兼、弟子や奉公人の住居になっている。旦那様たちの家は敷地内の別棟だ。

下働きの奉公人である僕の部屋は、狭《せま》くて天井の低い屋根裏部屋。

拾われた時、僕は一歳くらいで、その日が誕生日と決められた。

そして今日は十三歳の誕生日。

「本当に一歳だったのかなぁ？」

僕は歳のわりに小柄《こがら》だ。そんな僕なら平気だろうと、この部屋を与えられている。

だいぶボロくて、窓も扉もガタついてるけど、贅沢《ぜいたく》は言えない。奉公人の給料は少ないからね。

外に部屋なんか借りられない。

僕は勢いよく扉を開け、部屋を飛び出す。

ガタガタのこの扉は力いっぱい押し込まないと閉まらない。

もちろん開けるのにもコツがいる。

ある意味いい防犯だ。

「ま、盗《と》られるものも何もないけどね」

ドン！　と肩で扉を押し込むと、階下からまた怒鳴《どな》り声《ごえ》が飛んできた。

「おい！　扉は静かに閉めろと何度も言ってるだろうが！」

「すみません！」

「ロイ！　お前は午後から半休なんだ、早く下りてきて働け!!」

「はい!!　すぐ行きます！」

返事をしてダダダッと階段を駆《か》け下《お》りる。

僕の休日は月に数回しかない。

そんな中、今日は珍《めずら》しく午後から半休で、明日も休みという夢のような連休だ。

若旦那さんの機嫌《きげん》を損《そこ》ねて、連休取り消しなんかになったら堪《たま》らない！

ここは素直に従《したが》っておいたほうが利口《りこう》だ。

「ロイ!!」

「はぁーい！」

転ぶんじゃないかという勢いで階段を下っていくと、ぐぅとお腹が鳴った。

僕ら下働きの朝ごはんは、若旦那さんとお弟子さんが食べ終わったあと。

大体が硬《かた》くなったパンと、具が少ないスープだ。チーズもあったら、その日はかなりツイている。

「朝ごはん、僕の分もちゃんと残しておいてもらえるかなあ」

この時間の用事といえば、いつもの使いっ走りだ。

行って帰ってくる間に朝食の時間が過ぎてしまったり、全部食べられてしまったりしないように、祈《いの》るしかない。

「ハァ」

溜息しか出ないけど、これが僕の毎日。

階段を下りきった僕は、シャツの下にある守り袋をギュッと握って、深呼吸して扉を開けた。

「おはようございます！」

こうして今日も『バスチア魔法薬店』での一日が始まった。

◆　◆　◆

「ロイ、この依頼書を冒険者ギルドに出してこい。急ぎだ。それから市場《いちば》で品物《しなもの》を引き取って、この注文書を渡せ」

「はい」

呼びつけられたのは二階の食堂。

席《せき》に着《つ》いているのは、店主であり『魔法薬師《まほうくすし》』の旦那様《だんなさま》と、住み込みのお弟子さんたち、そして僕を呼びつけた若旦那さんだ。

魔法薬師とは、魔法を使って調薬する薬師のこと。

魔力が全くない人っていうのは稀《まれ》だから、薬師は大体が皆、魔法薬師になるんだけど、わざわざそう呼ぶのには理由がある。ずっと昔の時代には、『錬金薬師《れんきんくすし》』という職業があったからだ。

錬金薬師は、錬金術師の中でも薬作りを得意とし、生業にしていた人のこと。

魔法薬師とやっていることはほぼ同じだけど、魔法と錬金術は別物だ。

『錬金術《れんきんじゅつ》』とは、様々な素材を調合・配合し、物質や属性を変化させ、あらゆる道具や薬を錬成する古《いにしえ》の術。

今では錬金術を使える人は世界で数人しかいなくて、錬金薬師という職業も伝説のようなもの。

「おい。聞いているのか！　ロイ！」

「はいっ！　聞いてます！」

聞いてるけど……あぁー、いい匂い！

本当にいつも思うけど、わざわざ食事中に呼ばなくてもいいのにな！

嫌でも目に入るテーブルの上の料理と、漂《ただよ》う匂いに、僕のお腹がぐぅとまた鳴った。

嗅《か》がなければいいと分かってはいるけど、誘惑には抗《あらが》えず、つい鼻を利《き》かせて、目も向けてしまう。

ああ。食欲をそそる濃い匂いは、飴色玉葱《あめいろたまねぎ》のトロトロスープだ！

それとバターたっぷりのふんわりオムレツ、脂《あぶら》が煌《きら》めく厚切りのハムも美味《おい》しそう……

添《そ》えられているのはアスパラと甘い『彩人参《あやにんじん》』かぁ。

それからなんと言ってもあの焼き立てのパン！

ほのかに甘くて香ばしい匂いが……

うわっ……炙《あぶ》ったチーズをトロッて……！

トロッてさせてのっけてる!!

なんて凶暴《きょうぼう》な匂いと見た目なんだろう!?

空腹を我慢してる僕には拷問《ごうもん》でしかない……けど、釘付《くぎづ》けになって目が離せない。

「いいな、三十分で戻ってこい！　そのあとも仕事はあるんだからな」

「は、はい！」

若旦那さんの声で我《われ》に返る。

え？　でも三十分って、行って帰ってギリギリだよね？

依頼書の受け付けと品物の受け渡しがスムーズに済んで、注文書も問題なく受け取ってもらえて、荷物は背負《せお》って走れば……なんとかなるかなぁ。

きゅるる。僕のお腹がまた鳴って、若旦那さんがフンッと鼻で笑った。

「ま、ゆっくりでも構わないぞ？　お前が食いっぱぐれるだけだからな、あはは！」

「……いってきます」

くぅ……っ！

若旦那さんって本当にさあ……！

まあ、意地悪言われて笑われるだけならまだいいけど。

虫の居所が悪いと「見てるんじゃねぇ！」って手や足が出るもんね……

僕はチラと旦那様を見た。やっぱり今日も無関心で食事を続けている。

もう諦めたけど、先代の旦那様とこの人は全然違う。

この旦那様は僕に目を向けたとしても、嫌そうに目をすがめるか、鼻で笑うかするだけ。

先代の旦那様とは全然似てないのに、若旦那さんとは似た者親子なんだろうな。

僕はさっそく依頼書と注文書を握りしめて、下働き仲間が洗濯《せんたく》をする中庭を抜け、厩《うまや》の横の近道へ入る。そして裏口の木戸から通りへ出ると、全速力で走り出した。

「あ〜、帰ってきた時、パンだけでも残ってたらいいなぁ〜！」

◆　◆　◆

「よお、ロイ！　また使いっ走りか？」

「おはよう、おじさん！　そうなんだ〜」

「ったく、あの薬師親子は朝からロイばかりこき使って！」

「あはは。仕事だから仕方ないよ」

「ロイちゃん、これ持ってきな！」

通りの向かい側から、ポーン！　と投げられたのは、まだ熱いふかし芋《いも》だ。

僕が満足に食事をしていないのを知っているから、いつも街の誰かがこんな差し入れをくれる。

「わっ！　ありがとう、おばさん！」

僕はズボンのポケットに芋を入れると、ご近所さんたちに手を振って、石畳《いしだたみ》の道を駆けていった。

ここは王国一の迷宮都市《めいきゅうとし》『ラブリュス』——その名の通り、迷宮《ダンジョン》で栄《さか》える街だ。

迷宮は大小あちこちにあるけど、特に大きな迷宮が世界に七つある。

この街には、そのうちの一つ『地下迷宮城《ちかめいきゅうじょう》ラブリュス』があり、王都にも負けない賑《にぎ》やかさを誇《ほこ》っている。

地上よりも遥かに濃い魔素《まそ》に満たされた迷宮は、かつて栄えていた『伝説《でんせつ》の古王国《こおうこく》』の遺跡《いせき》が地下に沈んだものだと言われている。ちなみに魔素は、空気中に漂う、魔力の素《もと》となる物質のこと。

そして古王国とは遥か昔、錬金術が発達していた時代にあった幻の王国だ。

『錬金王《れんきんおう》』が治めていた広く強大な古王国は、天変地異により一夜にして滅びた。

突然の滅亡だったので、錬金術、魔道具、魔術《まじゅつ》、様々なものがそのまま。

そのせいで、古王国の主要な施設だった場所が、長い時が流れる間に迷宮となった……と、絵本にも書かれている。地下迷宮城、地下迷宮街《ちかめいきゅうがい》、地下庭園《ちかていえん》、地底湖《ちていこ》……等々。様々な迷宮があって、どれもワクワクするものばかり！

古王国の伝説がどこまで真実かは分からない。だけど、たまに迷宮の中で発見される規格外な魔道具や武器などを見れば、迷宮が偉大なる錬金王が治《おさ》めた古王国の成れの果て……と、言われても不思議はない。

「わ、嘘でしょ!?」

角を曲がったところが急に人でごった返していた。

背伸びで見ると、どうやら荷車が荷崩れを起こしたらしい。狭い道が散らばった荷物でいっぱいになっている。

「仕方ない。抜け道を使おう！」

街は地下迷宮城ラブリュスを中心に栄え、そこを始点にいくつもの通りが広がっている。

中心部は放射状《ほうしゃじょう》に、そのうち渦《うず》を巻くように、新たな通りが増えていって、今や街全体が迷宮のようになってしまっている。

だから旅行者や、迷宮城目当てで来たばかりの冒険者には、案内人や地図が不可欠だ。

でも小さな頃からここで育った僕は、隠し通路みたいな路地も全部知っている。

僕にとって、ここは楽しい迷路の街だ。

抜け道を走り、僕が辿り着いたのは通称『冒険者通り《ぼうけんしゃどお》』。この街のメインストリートだ。

住み込み先のバスチア魔法薬店があるのは『薬師通り《くすしどお》』で、その隣は『素材屋通り《そざいやどお》』、そのまた隣は『鍛冶屋通り《かじやどお》』と呼ばれ、ドワーフが多く住んでいる。ちなみに、すぐ側には酒場が多い。

街は迷宮城に近ければ近いほど古く、迷宮探索に欠かせない、武器や防具、薬、魔道具なんかを扱う店が軒《のき》を連《つら》ねている。

そして、この時間はまだあまり見かけないけど、迷宮都市ラブリュスの主役は迷宮城に潜《もぐ》る冒険者たちだ。冒険者は魔物《まもの》の討伐《とうばつ》や素材の採取《さいしゅ》、迷宮の探索など、冒険者ギルドに集まってくる様々な依頼をこなし、生計《せいけい》を立てている。

「ハァッ……ハァッ、間に合った……かな？」

まだ開かれていない扉を見上げ、僕は汗を拭《ぬぐ》って呟いた。

この華美《かび》ではないが大きく立派な建物が、迷宮城に一番近く、ラブリュスで一番古い建築物である冒険者ギルドだ。

「おはようございます……」

様子を窺《うかが》いながら、そーっと扉を開けると、クリッとした茶色の瞳と目が合った。

クルリと丸まった角を持つ、羊獣人《ひつじじゅうじん》でギルド職員のエリサさんだ。

「あれっ、ロイくん⁉」

薄茶色をしたエリサさんのフワフワボブヘアは、今日もあちこちはねている。朝が早いシフトの日は寝癖を直す時間がないらしく、僕よりお姉さんのくせに、エリサさんはいつもこうだ。

「えっ。もしかして……また？」

「ごめんなさいエリサさん……またです。採取依頼なんですけど、急ぎでお願いします！」

僕は若旦那さんから預かった依頼書を、カウンターに座るエリサさんに差し出した。

冒険者の依頼受付が始まる直前の今は、ギルドが一番忙しい時間帯だ。

制服を着た職員さんたちは皆、書類や魔道具を片手に広いフロアを忙《せわ》しなく動き回っている。

「も〜、ロイくんとこの旦那さんたちって、いっつも依頼受付の時間ギリギリに滑《すべ》り込《こ》ませるよねぇ」

「すみません……」

「ううん、ロイくんはいいの。悪くない！　むしろ朝からご苦労様だよ〜。悪いのはバスチアの薬師親子！」

エリサさんは口をむぅ、とすぼめて依頼書に目を落とす。

通常、店で使う薬草は決まった卸問屋《おろしどんや》さんから仕入れている。

だけど、たまに予定外で急ぎの注文が入った時には、冒険者ギルドを使うことが多い。

冒険者ギルドは、『なんでも仕事を請《う》け負《お》い、手っ取り早く済ませる』が売りの組織だ。

ここに集まるのは様々な技能《スキル》を持つ冒険者たち。

十三歳以上であれば、誰でもギルドに登録し、冒険者として仕事を始めることができる。

出自や学歴、職歴は不問。犯罪歴は検討の対象だ。

ひと昔前には荒くれ者も多かったけど、そんなんじゃいい仕事は来ないので、今はわりとキッチリ仕事をする『個人事業主』が集まる組織になっているらしい。

僕もお世話になってる冒険者ギルド長がそう言っていた。

このギルドに集まる仕事で多いのは、迷宮素材や魔物素材の採取だ。他には隊商の護衛依頼、魔物の討伐依頼、変わりどころだと料理の依頼や、街と迷宮城のガイドなんてものもある。

「う～ん……」

カウンター越しのエリサさんは難しい顔だ。はねた毛先を揺らし、首を捻《ひね》っている。

「『苔《こけ》の乙女《おとめ》の台座《だいざ》』かぁ。え～……『在庫対応は不可、採取から一日以内のものを小納品箱一つ分』……って」

苔の乙女の台座とは、素材同士を繋いだり、それぞれの素材が持つ効果を高めたり、補助の役割をする素材だ。あと苔素材の多くにある、【毒素《どくそ》の吸着《きゅうちゃく》】効果も持っている。

この苔の乙女の台座は、高価な魔法薬によく使われる素材なんだけど……そんなに簡単に見つかるものではない。

苔の乙女の台座の生育場所は『迷宮の森林層の中でも魔素が濃く、風が通り、適度な湿り気がある』という、少々面倒な環境に限られている。

長い年月をかけて、魔素によって遺跡が変化した迷宮は、未《いま》だ解明されていないことが多い。

階層ごとに環境が変わることも、解明されていない謎《なぞ》の一つだ。

城の階段を下りるとなぜか森が広がっている森林層があったり、城の建築部分とそうでない土地がまだらになっていたりする。

そして迷宮城で苔の乙女の台座が採れるのは、中層部にある森林層だ。

だというのに若旦那さんが出した条件は、採取から一日以内のものを小納品箱一つ分。

これは、大人の両手に山盛りくらいの分量だ。

苔の乙女の台座はそんなにたっぷり採取できる素材じゃないのに、非常識な依頼だと思う。

「……うん！　ロイくん！」

「はい！　あ、ギルドへの依頼登録料はこちらに――」

「無理！　これはお受けできません！」

「えっ」

「えっ、じゃないよ～！　こんな無茶な依頼、ギルドが受け付けても、受注する冒険者なんかいないよ～。ロイくんだって分かるでしょ？　素材自体は見つけられても、これだけの分量をこの期日じゃ、リスクが高い！　報酬も通常よりほんのちょっと色付けてある程度だし……ていうか、こんなに苔の乙女の台座を使う魔法薬なんてあった？」

「あー……たぶん、本当はそんなに分量はいらないけど、『納品量が依頼より少ないから、報酬は減額』……ってやりたいんだと思います」

僕の言葉を聞き、エリサさんが呆《あき》れと嫌悪《けんお》で分かりやすく顔を歪《ゆが》めた。

うん。分かる。僕も何を考えてるんだって思っています。

「はぁ。とにかく、この依頼は無理だよ〜。ロイくんの立場も分かるから心苦しいけど……」

「そうですよね……どうしよう」

このまま帰ったら僕の朝ごはんは確実にナシで、たぶん午後からの休みは取り消し。もしかしたら、明日の休みまで取り消されてしまうかもしれない。

「おい、ロイ。それならお前が行ってくりゃいいんじゃねぇか？」

「ギュスターヴさん！」

階段から下りてきた、ちょっと荒っぽい言葉遣《ことばづか》いだけど低くて安心感のある声の持ち主は、ラブリュス冒険者ギルド長のギュスターヴさんだ。

長身で、眼帯《がんたい》をしている右目を隠すように銀の髪を伸ばしている。

僕は眼帯も格好いいと思うんだけど、昔、現役の冒険者だった頃に負った傷だから、あまり格好よくないんだとギュスターヴさんは言っていた。

すごく強い高位冒険者だったそうで、今もその迫力を感じることはある。

だけど優しくて懐《ふところ》が深い、頼りになるギルド長だ。

あと、憧れてるお姉さんが多いくらい、容姿も本当に格好いい。

「ロイ。お前、今日は午後から休みの予定だっただろ？　このまま帰ったら、あの意地の悪い守銭《しゅせん》奴《ど》たちのことだ。休みを取り消して、食事抜きまでやりかねん」

さすがギュスターヴさん。よく分かっている。

「それから——手を出せ、ロイ。誕生日おめでとう」

「えっ、うわぁ……！」

手渡されたのは一振りのナイフだ。

ズシリと重みがあって、黒い鞘《さや》はザラリとした手触りの革。柄《つか》には僕の瞳と同じ、翠色の小さな魔石が輝いている。

これ、きっと何かの魔法が付与されてる、ちょっといいナイフだ……！

「すごい……こんな格好いいナイフ！」

「本当は今日の夕飯の時にと思ってたんだが、十三歳になった記念だ。お前、今日の夜に冒険者登録するんだろう？」

「する！　もちろん!!　あの、これ、ありがとう！　ギュスターヴさん！」

「護身用だけどな。この魔石に【風魔法《かぜまほう》】が付与《ふよ》されてるから、魔力をこめれば、より強力な攻撃ができる。あとで練習しよう。ああ、切れ味も申し分ない代物《しろもの》だから、採取にも使えるぞ？」

「はい！　これ、大切にします……！」

僕はちょっと大振りなナイフを胸に抱き、憧れであり、恩人でもあるその人を見上げて言った。

――十二年前。ギュスターヴさんが僕を拾ってくれた。

僕に『ロイ』という名前を付けてくれたのもギュスターヴさんだ。

当時、現役の冒険者だったギュスターヴさんが、森の入り口に置き去りにされていた僕を見つけてくれたらしい。でも実は、ギュスターヴさんが最初に見つけたのは僕じゃなくて、集まっていたスライムたちだったそう。

通常なら木陰《こかげ》や水場など、湿り気のある静かな場所を好むスライムが、日が差し、人通りがある森の入り口にいるのは珍しい。それも数十匹が固まって、ただじっとしている。

これは魔物の亡骸《なきがら》があるか、行き倒れの人間でもいるんじゃないか？

ギュスターヴさんはそう思って、スライムたちを掻《か》き分《わ》け覗き込んでみたら――僕がスヤスヤ眠っていたのだという。

ギュスターヴさんには、まるでスライムたちが僕を守っているように見えたらしい。

たしかにスライムが小さな僕を囲ってくれていなかったら、獣《けもの》や悪い人に連れていかれてしまっていたかもしれない。ありがとう、スライム！

「ロイも大きくなったよなぁ。あっという間だ」

「ね～！　大きくなりましたよね！　ロイくん、お誕生日おめでとう！　私もプレゼント用意してあるの。あとで渡すから楽しみにしててね！」

ギュスターヴさんの言葉にしみじみ頷《うなず》いたエリサさんが、僕にそう言い微笑《ほほえ》む。

「えへへ、楽しみにしてます！　あの、それで僕、本当にこの採取依頼を受けてもいいの？　もしかしてギュスターヴさん……一緒に行ってくれるの⁉」

ギュスターヴさんと一緒に迷宮に行けたら、そんなの嬉《うれ》しすぎる誕生日プレゼントだ！

だって僕はまだ、正式な冒険者登録をしていないから、一人で入れる迷宮の場所は限られている。

今の僕が入れるのは、迷宮浅層部の比較的安全な一部の場所と、通称『ハズレ』と呼ばれる迷宮だけ。だけど冒険者の付き添いがあれば、冒険者ではない者も、迷宮の浅層部の全てと中層部の一部に入ることができる。

若旦那さんの依頼素材、苔の乙女の台座は、迷宮城の中層部にある森林層まで行かないと採取できない素材だ。

ということは、誰かが僕と一緒に行ってくれるってことだよね⁉

「なーに目をキラキラさせてんだ。悪いが、俺にそんな暇はねぇ」

「え」

誕生日がきたから冒険者登録はもうできるけど、僕の登録は今夜、ギュスターヴさんが招待してくれた夕食の時にって約束してある。僕は仕事が終わる昼過ぎまではギルドに来れないと思っていたし、本当に半休がもらえるかも分からなかったからね。

僕が冒険者登録をする時は、絶対にギュスターヴさんにしてもらうって決めていて、約束もしている。

そんな僕に、「お前が行ってくりゃいいんじゃねぇか？」とギュスターヴさんが言ったから、てっきり一緒に行ってくれるものだと思ったのに！

「なぁんだあ。ギュスターヴさんが戦うとこ見られるかなって期待しちゃった。じゃあ、僕をおまけで連れて行ってくれるパーティーを探さなくちゃだね。エリサさん、森林層に行くパーティーに心当たりってありますか？」

「う～ん……今日はいなそうだね～」

「え、じゃあどうすれば……？」

「ロイ。お前が一人でも行ける場所で、採取できそうな場所が一か所あるだろ。苔の乙女の台座なら、『西《にし》の崖《がけ》のハズレ』で採取できるんじゃねぇか？」

西の崖のハズレとは、僕でも入れる例外の迷宮――『ハズレ』のうちの一つだ。

街から少し離れた場所にある通称ハズレこと『はぐれ迷宮《めいきゅう》』は、長い年月の間に迷宮から切り離されて、地上に露出《ろしゅつ》してしまった迷宮だ。

はぐれ迷宮は地上にあるので、地下にある通常の迷宮に比べて魔素が溜《た》まりにくく、薄い。

広さも階数も小規模。そのため出現する魔物も少なくて、弱い。

だから半人前の子供でも、出入りを許されているのだ。

魔物は魔素が多いところに集まる習性があり、空気中の魔素が濃いほど強くなる。

それは素材も同じで、魔素が多い場所ほど、貴重なもの、高品質なものが豊富に生育し、たくさん採取することができる。

はぐれ迷宮に生育している素材はありふれたもので、種類や量は少なく、品質もあまり高くない。

それ故に、冒険者たちからはハズレと呼ばれ見向きもされず、ギルドも出入りの管理をしていないのだ。

でも実は、はぐれ迷宮でも時期や場所を選べば、貴重で高品質な素材が採れる場所もある。

「たしかに西の崖のハズレなら苔の乙女の台座も採れるけど、あそこで小納品箱一つ分は難しそう……？」

若旦那さんが本当に必要とする、小納品箱半分の量も厳しいと思う。何日か通ってもいいなら採れそうだけど、納品物の条件は『採取から一日以内』っていう無茶なものだ。

どういうこと？　と、僕はギュスターヴさんを見上げる。

すると、ギュスターヴさんがニヤッと笑って、僕の耳にこそりと告げた。

「朗報だ。今、『坪庭《つぼにわ》の魔素溜《まそだ》まり』の濃度がかなり高くなっている」

「えっ！」

ギュスターヴさんは、カウンターの奥から二枚の紙を取り出した。

「まずはこっちの書類。先月の西の崖のハズレ定期観測の結果だが……〝坪庭の魔素溜まりの魔素濃度は八。来月には濃度十に達すると予想される。また、通常ならば、そのあとひと月で魔素は霧散し、再びゼロに戻るだろう〟だと」

「濃度十！　すごい！　それなら苔の乙女の台座だっていいものが大量に採れそう！」

ハズレといえども迷宮は迷宮。

ごく限られたエリアに魔素が溜まる魔素溜まりができることがある。

西の崖のハズレの魔素溜まりは坪庭の魔素溜まりと呼ばれていて、僕たちのような半人前のお宝スポットだ。貴重で高品質な素材は、魔素が多い場所で採れるからね！

「で、こっちの書類は、西の崖のハズレの魔素溜まりを見てくるという、半人前用の小遣い稼ぎ依頼だが……やるか？」

「ふふふ！　測定だけの簡単依頼ですね！　あそこなら出る魔物はスライム程度だし、日帰りできる距離だし、ロイくん、やるよね？」

エリサさんは受注のスタンプを持ち、僕に笑いかける。そんなの、やるに決まってる！

「はい、受注します！」

苔の乙女の台座はたっぷり採れるだろうし、他の素材もきっといろいろ採れる。

それだけでも嬉しいのにお小遣い稼ぎ依頼も受注できるなんて、すっごくツイてる！

「……あ、もしかして。ギュスターヴさん、これも誕生日プレゼント……？」

「まあな。依頼管理部たちからプレゼントだってよ。ロイ、この依頼の達成額を見てみろ、いつもの三倍だ」

そう言われて、慌ててギュスターヴさんが指さす依頼書を見た。

「本当だ！」

僕は弾かれたように後ろを向く。

すると依頼書を貼り出していた職員さんたちが「おめでとう！」と言い、笑って手を振ってくれた。

「ふふ！　みんなもね、ロイくんの誕生日と冒険者登録のお祝いを用意してくれてるんだよ〜！」

「えっ⁉」

エリサさんの言葉を聞いた僕は、皆も？　とぐるっとホールを見回した。

「お誕生日おめでとう！」

「いよいよ登録だな！　夜ゆっくりお祝いしような、ロイ」

「おめでとー！　プレゼント、楽しみにしてなさいよ？」

朝の準備に追われている皆が、その手を一旦止めて、笑顔で僕にお祝いの言葉をくれた。

「可愛がられてていいなぁ？　ロイ」

「……！　う、うん……っ」

照れる僕をニヤニヤ見下ろして、ギュスターヴさんは僕の頭をぐしゃぐしゃっと撫でる。

この撫で方も、十二年目。今日、十三歳になった僕は、子供扱いされるとちょっと恥ずかしいし悔しい気もする。でも、嬉しい。

「あの、みんな、ありがとうございます！」

ちょっと照れ臭いけど、大きな声でそう伝えた。

「それじゃあギュスターヴさん、僕、大急ぎで言い付けられた仕事を終わらせて、ハズレに行ってくるね！」

「おう。あー、待て。そのナイフ、やっぱり一旦俺に預けていけ」

「え？　どうして？」

せっかくもらった素敵なプレゼントだ。

離したくないと、僕はギュッと抱えてギュスターヴさんを見る。

「それを下げるベルトがまだなんだよ。昼には出来上がるはずだ。それにお前、そのまま抱えて仕事すんのか？　そんなもん見られたら、若旦那にすぐ取り上げられちまうぞ？」

その言葉を聞いた僕はハッとして、ギュスターヴさんにナイフを差し出した。

ギュスターヴさんは若旦那さんとは違うから、安心して預けられる。

「……ナイフを下げるベルトまで用意してくれたの？　ギュスターヴさん」

「当たり前だろ。冒険者になるんだから、相棒として持ち歩けるものじゃねえとな。あー、それとロイ。バスチア魔法薬店の依頼は、とりあえずギルド預かりにしておく。現時点では、お前はまだ冒険者登録してないからな」

「じゃあ、今すぐ登録してくれてもいいですよ？」

ちょっと拗《す》ねた言い方になってしまって、我ながら子供っぽいなと思う。

けれど、思いもよらず、朝ギュスターヴさんに会えたから、すぐに冒険者登録してくれるんじゃないかって期待したのだ。

「ん？　魔力測定《まりょくそくてい》と【スキル】の鑑定《かんてい》をしなくていいのか？　ササッと適当に登録しちまってもいいなら……」

「えっ、いえ！　いいです！　ちゃんと測定と鑑定してもらいたい！」

そうだ。登録の時だけ、サービスで【スキル】の鑑定をしてもらえるんだもんね！

この先、よっぽどのことがなければ再鑑定なんかしないんだから、しっかりどんな能力なのか、どんなふうに使えばいいのかを聞いておかなくちゃ。

「よしよし。じゃあ登録は夜にしような」

「はい！」

登録は夜！　測定と鑑定も夜！

早く夜にならないかなーと、僕はちょっと浮かれながらギルドを出た。

◆◆◆

もう一つのお使いを済ませて大急ぎで店に戻ると、まずは若旦那さんに「依頼は受理されました」と報告をした。

若旦那さんは片眉を上げ意外そうな顔をしてたから、あの依頼が非常識なものだという自覚はあったのだと思う。本当、せこいというか、ずるいというか……！

そして、僕は朝ごはんを食べようと二階へ向かったのだけど……

「ロイ、三十分はとっくに過ぎてるんだ！　お前の食事なんか残ってるわけないだろ！」

若旦那さんにそう言われ、僕はきゅうきゅう情けない音を出すお腹を抱えたまま、新たに言い付けられた雑務をこなしに倉庫へ向かった。

いいもん。あと数時間頑張ったら僕はお休みだ！

西の崖のハズレに行くっていう楽しみもあるし、ごはん抜きくらいなんでもない！

「それに、おばさんにもらったふかし芋があるもんね……」

僕は倉庫の隅《すみ》でこっそりお芋を食べながら、ギルドで僕にお祝いを言ってくれた皆のこと、ギュスターヴさんのことや、一旦預けてきたあのプレゼントのナイフのことを思い浮かべていた。

「僕、ギュスターヴさんに拾われてよかったなぁ」

信用があって、強くて、優しいギュスターヴさんが拾ってくれたから、僕はちゃんとした手続きを経て、孤児院《こじいん》に入れてもらえた。魔物に襲われたり、おかしなところに売られたりしなかったのは、本当に運がよかったんだと思う。

それにギュスターヴさんは、僕を孤児院に入れたそのあとだって気に掛けてくれて、月に何度か会いに来てくれていた。

ラブリュスの孤児院はまあまあいいところだ。飢《う》えることも寒さに震《ふる》えることもない。読み書きを教えてくれるし、希望すれば成人の十五歳まで置いてくれる。

だけど大体は、十二歳前後で職人見習いや冒険者になって孤児院を出ていくんだけどね。

僕は少し早い八歳から、冒険者ギルド長になったギュスターヴさんのもとで冒険者見習いを始めた。といっても大したことはしていない。雑用や子供用の簡単な採取依頼をしてお小遣い稼ぎをさせてもらっていた。

でもギルドに出入りする子供は僕だけじゃないから、採取依頼はいつも争奪戦だ。

だから依頼を取れなかった時には、職員さんや冒険者たちに読み書きや計算、基本的な野営の仕方、料理なんかを教わっていた。

そのうちに、僕は魔法を教わるようになった。

格闘技や剣術なんかも、遊びの延長で教えてもらったけど、僕はどうにもセンスがないようで、イマイチ楽しくない。

だけど魔法薬の材料になる薬草を採取したり、魔力を使って素材の処理や加工をしたり、そういうことは楽しくて大好きだった。

そして知ったのが錬金術。僕は錬金術に憧れた。

魔法薬師や魔道具師の技術は、錬金術の一部だと聞いたこともあり、僕はギルド所属の魔法薬師さんにくっついて、手伝いをさせてもらっていた。

なぜ錬金術師じゃなく魔法薬師の手伝いをしてたかというと、今、世界に錬金術師は極僅かしか存在しないからだ。

王国一の迷宮都市ラブリュスといえども、錬金術師にはまず会えない。

ラブリュスに縁のある錬金術師はたった一人。

その人も滅多に街に来ることはなく、どんな人なのか、真偽の分からない噂しか聞かない。

錬金術師は、非常に稀な【錬金《れんきん》】のスキルを持っている人か、『魔人《まじん》』と呼ばれる、古王国の末《まつ》裔《えい》しかなることができない。

なぜかと言うと、錬金術と魔法は似てるけど魔力の使い方が違うらしい。

それを可能にするのが【錬金】スキルか、魔人の血なのだろう。

——僕にも【錬金】のスキルがあって、錬金術で薬師ができたらいいな。

そんな夢を描く中、僕は魔法薬師のお手伝いが認められ、バスチア魔法薬店の先代店主に見習いとして引き取られることになった。

ギュスターヴさんは何も言わないけど、きっと随分《ずいぶん》と骨を折ってくれたんだと思う。

バスチアの先代さんは、腕も人柄もいい魔法薬師で、僕が十歳になったら正式に弟子にすると約束してくれていた。それまでは奉公人兼見習いとして下働きをして、基礎を学ぶ日々だった。

どの奉公人も衣食住を十分に与えられていたし、休みも週一であって、お小遣いももらえた。忙しいけど充実した生活だったと思う。だけど……

「先代さん……一言でもいいから、お礼を言ってお別れしたかったな」

本当に突然の別れだった。

先代さんは、王都へ出掛けてそのまま帰らぬ人となった。僕が弟子になって二年目、昨年の出来事だ。そして先代亡きあと、店を継《つ》いだのは勘当《かんどう》されていたはずの息子——今の旦那様だ。その息子である若旦那さんも一緒に店に入った。

二人が来て、バスチア魔法薬店はガラッと変わった。

商売の仕方や魔法薬の質はもちろん、孤児であった僕や、似たような身の上である奉公人の扱いは特にはっきり変わったんだ。

「見習い修業なしの下働きに逆戻りだもんね。しかも待遇も前とは全然違ったし」

休みは月に数回だし、お小遣いもナシ。衣食住もギリギリだ。行く場所のない僕らはそれでもここにいるしかないけど、先代のお弟子さんたちは多くが店を去っていった。

これはすぐに店が傾いて、僕らは本当に行き場がなくなるかも……と思ったんだけど、意外なことに今も潰れていない。

「旦那様も若旦那さんも、魔法薬師の腕だけじゃなくて、人柄や仕事の評判もイマイチなのに……不思議だよね？」

加えて旦那様にはお金にまつわる悪い噂があるし、若旦那さんも悪い遊び仲間がいることで有名。新しいお弟子さんたちも、ちょっと胡散臭《うさんくさ》かったり、近付きがたい雰囲気だったり、腕も師匠譲りでパッとしない。

「はぁ。早くここから抜け出したいな」

僕はポツリと呟いた。

いつか、お金を貯めて本を買って、器具も集めて、もっと勉強して魔法薬師になれたら――

「いつか……」

倉庫の小窓から見えた高い空は、夢で見たあの青空とひどく似ていた。

◆　◆　◆

「よし！」

昼までの仕事を終えた僕は冒険者ギルドへ走った。

ギュスターヴさんに、預けていたナイフと、それを下げる真新しいベルトをもらい、さっそく腰に巻いて西の崖のハズレへと向かう。

ラブリュスの周辺にはいくつかのハズレがある。どれも街からは少し離れているけど、しっかり探索しても徒歩で日帰りできる距離だ。

これから向かう西の崖のハズレには何度も採取に行っている。

西の崖のハズレは街道から、少し外れた小さな岩山にある。

ここは岩山と言ってもはげ山ではなく、木も生えている。岩が多い森のような感じだ。

すぐ近くには豊かな森と沢があって、そこにもギルドで受けた食材採取の依頼で何度も来ている。

春には新芽が美味しい山菜、夏にはベリー、秋にはきのこ。

変わったものでは、昆虫採集や魚釣りの依頼もあった。

こっちは食材としてではなくて、工芸細工に使う羽根や鱗《うろこ》目当ての依頼だ。必要ない魚の身はもらえる。悪くない依頼なので僕は好き。

川を渡り少し上っていくと、そこに崩れた古王国の遺跡が見えてくる。

この辺りから一応迷宮だ。

地下からせり上がってきたらしい石造りの柱や壁は、大昔は綺麗な建物だったんだろう。

見上げるほどに大きいし、今はボロボロだけど彫刻なんかもある。ハズレは、迷宮城がはぐれた一部だとも言われているけど、それも納得だ。

僕は柱が並ぶ石畳の道を抜け、目の前にぽっかりと開いた大きな洞窟に足を踏み入れる。

西の崖のハズレは、この洞窟と一体化したようになっている。

遺跡部分と自然の部分がまだらになっていて面白い。

「ふふっ。ここへ来るのも今日が最後かな」

入れる場所が限られていたこれまでは、ここだって迷宮城に繋がっているかもしれないんだ！

と、そんなことを考えてワクワクしていた。

「夜には冒険者登録だもんね！」

僕はウキウキした気分で、通い慣れたハズレに入っていった。


洞窟だというのに、中は薄らぼんやりと明るい。ここに限らず、迷宮はどこもこうだ。

これは魔素のおかげとか、遺跡に仕掛けられている古の錬金術の効果だとか言われている。

何にせよ、灯《あか》りを持たないで済むのは有り難いことだ。

目指す坪庭の魔素溜まりは、ハズレの入り口からしばらく進んだ場所にある。洞窟を進むと、崖があって、その右側の岩壁を登ると、途中に踊り場のような部分がある。

それが坪庭の魔素溜まりだ。

魔素が溜まるそこには、長い年月の間に草木が生え、小さな庭のようになっている。

だから『坪庭』という呼び名が付いたんだろうね。

「何か食べられる野草とかお芋とかないかな～……あっ、やった！『彩野《あやの》カブ』だ！」

この小さな野生のカブは、赤や紫、黄など様々な色があって色ごとに味が違う。

僕が好きなのは少し甘い黄色のカブだ。

それから真っ赤に熟した『迷宮苺《めいきゅういちご》』もたくさん見つけたし、『初級回復《しょきゅうかいふく》ポーション』の材料になる薬草もたっくさん採取できた。

ちなみに、ポーションにもいろいろな種類があるんだけど、通常、初級回復ポーションのことを『ポーション』と呼ぶ。

「帰ったらさっそくポーションを作ってみよう！」

実は、先代さんに教えてもらった記憶と古い参考書を頼りに、自室でこっそり調合練習をしている。でも十分な材料をなかなか揃《そろ》えられなくて、滅多に練習ができない。

下拵えは得意なんだけど、調合作業はやらせてもらえないから、レシピだけじゃ分からない勘がなかなか掴めないんだよね。

「これだけ採れれば、いっぱい練習できる！」

素材それぞれの状態に適した魔力の加え方、加熱の加減、混ぜ方がある。

何度も練習して、産地や季節ごとに違う素材の癖なんかも分かるようになって、早く一人前の魔法薬師になりたい。

「わ、あっちにもいっぱい生えてる！　今日の僕、本当にツイてるかも……！」

喜びのままに採取を続けていると、背負っている採取袋はもう三分の一まで埋まってしまった。

「魔素溜まりでもこの調子で採取できたらいいな」

それにしても、ギュスターヴさんからもらったこのナイフ！　切れ味はいいし持ちやすいし最高！　僕は初めて手にした自分のナイフが嬉しくて、ニマニマ笑いが止まらない。

僕は明日からこのナイフと一緒に迷宮城に行くんだ！

そしてお金を貯めたら、バスチア魔法薬店を出て、もっといい魔法薬師の師匠を探してやる。

「ん？」

少し先に何かいる？　崩れた柱の陰で何かが動いてない？

僕はナイフを握り直すと、構えてから慎重に歩を進めた。

ここでは魔物よりも、野生動物がいる可能性のほうが高い。岩山の周囲は森に囲まれているので、たまに動物が迷い込むことがある。

熊《くま》はいないけど、鹿《しか》や猪《いのしし》はいる。それにハズレといえども迷宮だ。長期にわたりここに留まっていると、稀に魔物化してしまう動物もいるらしい。

「小さかったから野兎《のうさぎ》とかかな……」

それなら危険はないんだけどなあ。兎なら攻撃はしてこないし、逆に遭遇が嬉しい獲物だ。

でも、罠を仕掛けないと、獲るのは難しいかな。

石を投げてみるとかどうだろう？

ギルドの講習でやった弓は全然だめだったけど、投石ならイケる気がする。

「投石紐《スリング》くらい作っておけばよかった」

投石紐《スリング》があれば手で投げるより威力が出るし、遠くまで飛ばせる。

そうだ。これから迷宮に行くのなら、遠距離攻撃ができる手段もあったほうがいい。

そんなことを考えながら、僕はじりじり間合いを詰めていく。

息を殺し、ナイフを構えたまま、そーっと覗いてみると――

「わ、スライムかぁ！」

そこには、草むらをぴょこぴょこ跳《は》ねるスライムがいた。僕の膝《ひざ》に届かないくらいの大きさで、ちょっと珍しい紫っぽい色をしている。

スライムは、棲処《すみか》の環境や食べ物によって体の色が変わるらしい。

水辺や湿気のある草むらにいることが多いので、緑や青っぽい色をしている個体が多いんだけど、紫っぽいこの子は何を食べたんだろう？

「ふふっ。のんびりしてて可愛いなぁ」

スライムは基本的に無害だ。こちらからちょっかいを出したり、よっぽど虫の居所が悪かったりしない限りは何もしてこない。最弱の魔物とされているくらいには安全。

大昔、巨大なスライムに街が呑《の》み込《こ》まれたっていうお伽噺《とぎばなし》があるけど、そんなことあり得るのかな？　って思う。

「うん、他には何もいないね」

僕はナイフをしまうと、跳ねるスライムを追いかけるように、ゆっくり進んでいく。

しばらく道を進むと、洞窟内の開けた場所に出た。左手は崖があり、右手には高い岩壁がそびえている。

「いつ来ても、ここはちょっと怖いな」

このまま壁沿いにできた細い道を行くと、行き止まりになる。そこがこのハズレの終点だ。

左側の崖はだいぶ昔にギルドが探索済みで、特に何もない空間があるだけらしい。

一度下りたら上るのが大変な場所で、旨味もないし、誰も行かない場所だ。

そして目的の坪庭の魔素溜まりは、この右手の岩壁を登った中腹あたりにある。

「もうちょっと先に上りやすい場所があるんだよね」

だけど急がない。

だって、僕の前には、ポヨポヨ、ポヨポヨ、とスライムがのんびり跳ねているんだから。

スライムの歩みは遅い。だけど僕は全然イライラしない。

むしろ可愛い姿を見せてもらえて、この偶然の出会いに感謝している。

だって、僕はスライムが好きだ。

捨てられた僕を見守ってくれていたのが、スライムだからかもしれない。

丸みのあるその形も、ポヨポヨと跳ねるその動きも、動くたびに少しずつ変化するその色も、どこを取っても愛らしい。

それにスライムを見ていると、なぜか胸をギュッと締め付けられるような、なんとも言えない気持ちになる。

小さな頃、ギュスターヴさんにそう話したら、「よく分からん。何か辛いことがあるなら聞いてやるから言え」と妙に心配されてしまった。

なのでそれ以来、そんな気持ちでスライムを眺めていることは、人に言わないようにしている。

「ん？　あっ！」

前を歩いていたスライムが、何を思ったのか突然、ポーン！　と左の崖から飛び下りた。

「えっ、大丈夫なの⁉　あっ……へ、平気なんだ」

暗い崖下を覗き込むと、小さなスライムらしき影が、ポヨンポヨンと変わらず跳ねていた。

「よかったあ。スライムって意外と丈夫なんだね……」

思いもよらず一つ学んでしまった。

「でも、この下って何もない行き止まりだよね？」

あの子、どうするんだろう……

大丈夫なのかな。崖下で生きていける？　どこからか上ってこれるのかな？

僕はそう思って、もう一度、崖の底を覗き込んでみた。だけどスライムの姿はもう見えない。

はぁ、と一つ息を吐き、深呼吸をする。

「切り替えなくっちゃ。僕は自分の仕事に集中するんだ」

通い慣れたハズレとはいえ油断は禁物。坪庭の魔素溜まりに行くには、岩壁を登らなくてはならない。階段や梯子《はしご》が設置されてるわけもなく、危険と隣り合わせだ。

僕はスライムのことを無理やり吹っ切って、どんどん細くなっていく道を進んだ。

「坪庭の魔素溜まりまで……あと、ちょっと……っ！」

しばらく細い道を進んだ僕は、今、岩壁をよじ登っている。

魔素溜まりはこの上だ。登る高さは、自分の背丈の三倍から四倍ほど。

何度か来たことがあるから、登る手順は心得ている。

出っ張った岩に手と足をかけ、ゆっくり登っていけばいいんだけど、これが僕にはちょっとキツイ。大人だったら手足を伸ばし、最短距離を選んでヒョイッと登れそうだけど、同世代の平均よりも身長が低い僕にそれは無理。

ちょっと時間はかかるけど、自分の手足が届く岩の出っ張りを選び、遠回りで崖を登っていった。

「ふぅ。着いた！」

苦労して登り、やっとお目当ての坪庭の魔素溜まりに到着だ。

「うわ……なんだか空気が重い」

湿気が籠《こも》っているような、空気が澱《よど》んでいるような、じっとりとした重さを感じる。

いつもはこんな感じはしないので、この重さが魔素濃度『十』ってことなのだろう。

「迷宮城もこんな感じなのかな？」

まだ見ぬ迷宮を想像すると、恐《おそ》れよりワクワクする気持ちのほうが大きい。

早く行きたいなぁと思いながら、僕は苔の乙女の台座を探すべく、地面にしゃがみ込んだ。

「あ、あった。わっ!?　えっ、こんなに立派な苔の乙女の台座、初めて見た……！」

深い緑色から新緑色のグラデーションが綺麗《きれい》で、触ってみるとフワッフワで、濃い魔素と清水を含んでキラキラと輝いている。

それに生えている数も多い。これは若旦那さんがふっかけた小納品箱一つ分なんて、あっという間に採取できそうだ。

「……なんかおかしいなぁ」

僕は足下の草を見つめ、ぐるりと周囲を見回し、上を見た。

草も木も、異様なほどに緑が濃く、うっそうと生い茂っている。坪庭が薄暗く感じるほどだ。

やっぱり何かがおかしい。

そう思った僕は、もう一つの依頼である『魔素の測定』を先にやってみることにした。

魔素の簡易測定には、錬金術師が作った『簡易魔素測定紙』を使う。

ちょっぴりだけど錬金術に触れられるこの機会は嬉しい。

僕はドキドキしながら【遮断《しゃだん》】の魔法が付与された筒《つつ》から簡易魔素測定紙を取り出す。

これは周囲の魔素に反応して色が変わる紙だ。

測定場所以外では、余計な魔素に触れないよう筒に入れられている。

「えっ」

簡易魔素測定紙を広げた瞬間、紙は真っ赤になり、端が紫色に変わって角がくるりと丸まった。

「えぇ？　これ、最高濃度が赤のはず……だよね？」

僕が最後に簡易魔素測定紙を使ったのが半年前。もしかして、その間に仕様が変わった？

僕は首を傾げつつ簡易魔素測定紙を筒にしまい、キッチリと蓋《ふた》を閉めて魔素を【遮断】する。これでもう、これ以上、紙が魔素を浴びることはない。

「この豊作も、異常に濃い魔素のせいか」

それを狙って採取に訪れたのだけど、ここまでだとちょっと怖い気もする。

でも苔の乙女の台座をこんな簡単に、たくさん採取できる機会はなかなかない。濃い魔素の恩恵だ。有り難く採取させてもらおう！

僕は坪庭の魔素溜まりの中を歩き回り苔の乙女の台座を採取していく。

集まって生えている場所ごとに少しずつだ。

一か所から全部採ってしまえば早いけど、それをしてはいけない。

「次に生えてこなくなっちゃうからね」

今回はあちこちに群生《ぐんせい》しているので、必要な量はすぐに集まった。だから、僕はこの珍しい素材を、自分用にも少し採取する。これでまだ作ったことのない魔法薬を作れるぞ。

「よしっ、これで依頼は完了！　随分早く済んじゃったなあ。ゆっくり帰ってもまだ夕方……四時くらいかな？」

その頃ならギルドはちょうど暇な時間。

調合部屋が空いてたら器具と一緒に貸してもらえるかもしれないし、手が空いてる魔法薬師さんがいたら、指導もお願いできるかもしれない。

「お礼はこの苔の乙女の台座でいいもんね！」

珍しい上に品質もいい。これなら薬師さんたちにも、きっと喜んでもらえる。

僕は帰ってからのことを考えながら、スルスルと岩壁を下りていく。

そして、早く帰ろうと少し無理をしたのがいけなかった。

近道になりそうな出っ張りに爪先を乗せた瞬間、ボロッと足場が崩れ、僕の体がズルリと落ちた。

「うわっ⁉」

慌てて手を伸ばすけど、掴めたのは空気だけ。

しかも、やみくもに動かした足で岩壁を蹴《け》ってしまった。

「やばっ！」

失敗した！　すぐ下の道に落ちるなら、少し怪我をするだけで済むけど……

僕はチラリと背後に視線を向ける。

そこに見えたのは崖の底だ。焦《あせ》ってジタバタしたのがいけなかった……！

「う、わぁあああーーーーっ⁉」

僕の体は、細い道の横を通り過ぎ、薄暗い崖下へあっけなく落下していく。

マズイ！　どうしよ、ここって西の崖のハズレの果てで、この下には何もない。

ってことは、誰もいないし、助けも来ない。ゾッとした。

「けどこれ、どこまで落ちるのー⁉」

岩肌がぎゅんぎゅんと通り過ぎ、深いところに落ちていく。

ああ。落下してるこの時間はきっとほんの数秒だろうに、こんなに長く感じるだなんて……

もうこれ、ほんっとうにマズイ！

僕はギュッと目をつぶり、覚悟を決めた――が。

『ポヨョン』

落ちた地面が柔らかい。

「あ……れ？　なんで……？」

わけが分からないまま、チカチカする頭とドキドキする心臓を抑え込み、なんとか起き上がろうと地面に手を突いた。

すると、『ポニュン！』と地面が沈んで、手が埋まった。

「うっわ！　わ!?　えっ……これ……」

『ポヨポヨ、ポヨヨン！』

「スライム!?」

この薄い紫色！　きっと、さっきのスライムだ！　崖下に落ちていったあの子だ！

僕は下敷きにしてしまっていたスライムから、転げるようにして起き上がった。

「ごめん！　大丈夫だった!?」

声を掛けると、地面に広がるように伸びていたスライムが徐々に円形に戻り、ポヨポヨ、ポヨン！　と体を揺らした。よかった。スライムも無事みたいだ。

すると、プルプル揺れていたスライムが、急にハッとしたように縦に伸び、飛び跳ねた。そして、まるで手のように体の一部をにゅうっと伸ばして、僕の体をペタペタと触り出した。

「わ!?」

頭から首、肩、手足まで全身に触れるその手付きは、怪我がないか調べているようだ。

「もしかして、心配してくれてるの……？」

まさかと思いつつそう聞くと、スライムは身を屈《かが》め、『ポヨ』と頷くような仕草を見せた。

そして後ろを向けと手（?）で示されて、僕は大人しくスライムに背中を向けた。

だけど今度は、ペタペタ触れていた手（?）がピタリと止まっている。

「どうかした？」

どうやら背負っていた採取袋が気になるらしい。

このスライムのおかげで体は無傷だけど、採取袋はどうだろう。中身が無事だといいんだけど。

「贅沢《ぜいたく》言っちゃいけないな。あんな高いところから落ちたのに無傷なんだもん。荷物くらい……」

僕は遥か頭上を見上げてみる。上のほうはよく見えない。

ポヨポヨ寄り添ってくるスライムも一緒に上を見ているようで、背伸びするように、細長く伸びている。

「はー……僕、本当に今日はツイてる。ありがとう。君のおかげで命が助かったよ」

お礼を言ったら、スライムはぷるる！　と横に揺れた。首を振ってるみたいだ。

謙虚な子だなあ。

「でも、どうしようかな。どこか外に出られる道か、上に登れる道でもあればいいんだけど……」

キョロキョロ見回していたら、薄紫色の彼（?）が僕の手を叩き、にゅうっと手（?）を伸ばして、ある方向を指した。

「ん？　そっちに何かあるの？」

ポヨン。スライムは頷く。

このハズレは、随分前に探索は終了している。この崖下には何もないはずだ。

でも思い起こしてみるとこのスライムは、なんの躊躇《ちゅうちょ》もなく飛び下りたように見えた。

それに出会ったのはハズレの浅層部。この子、ここから上に行ける道を知っているのかも？

「うん。信じてついていって……あれっ？　スライムくんどこ……あっ、えっ⁉」

薄闇の奥にスライムを見つけたと思ったら、そこにあった真っ暗な亀裂《きれつ》の中に潜り込んでいくところだった。

「嘘！　そこ入れるの⁉」

抜け道⁉　暗くて気付かなかったけど、上に戻るどころか外に繋がっているのかも！

一旦、探索が終了した迷宮は、新たな発見でもない限り再調査はしない。でも、だからこそ、誰も気付かないうちに新しい道ができてたっておかしくない！

「やった！　待ってスライムくん、僕も行く！　ちょっと待って〜！」

慌てて走り出したら僕の声が届いたのか、スライムが隙間からチラッと顔（?）を出し、『ここだよ』と言うようにプルプル揺れた。

◆◆◆

スライムのあとを追って亀裂の間を進んで行くと、前方がうっすら明るくなってきた。

もしかして出口？

逸《はや》る気持ちのままに亀裂から顔を出すと、目の前には崩れかけた壁があった。

古王国の遺跡らしい壁が、岩壁から唐突に突き出ている。

「なんだろここ……狭いな」

そろりと体を滑り込ませる。この空間は岩壁と遺跡の壁が交じった通路になっていた。

「あ、スライムくん！　そこにいたんだ」

路《みち》の先でスライムがポヨポヨ跳ねている。僕はホッと胸を撫で下ろして、スライムに駆け寄っていった。

「う～ん……ここ、ズレたのかなぁ」

僕はスライムを追いながら、そんなことを考えていた。

大きな地震があったり大雨が降ったりすると、山や崖が大きくズレることがある。

そしてごく稀に、そのズレた場所にはぐれ迷宮が出現することがあるらしい。

新しい迷宮じゃなくて、西の崖のハズレが広がった感じかな？

岩山の洞窟と融合しているはぐれ迷宮だから、運がよければ岩山を突っ切って、外に繋がっている可能性がある。

「ん？　なんだろうこれ」

壁伝いに進んでいくと、ふと壁の一点に何か彫られていることに気が付いた。ここまで装飾など一切なかったのに、これは気になる。

背伸びをして見ると、ちょうど僕の目線と同じ高さになる。

「あ、これ『古文字《こもじ》』だ」

古文字とは、古王国時代の文字だ。

今は使われていない失われた文字なので、専門家でなければ読むことはできない。一握りの高位魔導師や錬金術師でなければ読めない代物だ。

「よし。書き写しておこう！」

僕は腰のポーチから紙と木炭《もくたん》を取り出すと、古文字の上に紙を重ねた。この上を木炭で塗《ぬ》り潰《つぶ》せば、彫られた文字を写し取ることができる。

「これでよし」

ここも、この先も、たぶん未発見の場所《エリア》だ。

ハズレでも、迷宮は迷宮。新エリアの発見なんて、大変なことだ。きっと褒めてもらえるし、褒賞《ほうしょう》も出るかも？

あとこの古文字は研究者さんにも喜んでもらえると思うんだよね。

ポヨヨ、ポヨヨン！

スライムが『はやく、はやく』と急かすように小刻みに跳ねている。

「あ、今行くよ」

文字を写した紙をクルクルと巻いてポーチにしまい、スライムの案内通りに細い道を進んでいく。

この道がどこへ繋がっているのか、本当に外に出られるのか。そんな不安は今、それを上回る冒険のワクワクですっかり消し飛んでしまっていた。

「わぁ……」

壁の隙間を抜けると、開けた場所に出た。だけど外じゃない。

ここはたぶんまだ洞窟の中だ。

「ここも交ざってるなあ」

自然の岩壁に交じって、遺跡の壁があちらこちらにある。

地面にはデコボコになった石畳の道が敷かれていて、真正面には黒い扉がついた高くて大きな壁があった。

「なんか……変なとこだなあ」

僕は真正面の壁を見上げる。よーく見てみると、壁は少し湾曲《わんきょく》しているようだ。

「扉がついてるし、建物の一部かな」

ラブリュスの地下迷宮は『城』と呼ばれているけど……？

「どんな建物だったのかなあ。なんか……ちょっと不思議な造りだよね」

ハズレとなり、洞窟と交ざった時に歪んでこうなったのかな？

「それにしてもこの壁、高いなぁ……って、あれっ？　あそこチラッと空が見えてない⁉」

そびえ立つ壁の一部が崩れて、岩壁との間に空が見えている。

「あっ。この壁って、もしかして塔？」

湾曲しながら高く伸びている壁を上まで見て、ふとそう思った。

「ここをよじ登ったとしても、あの隙間から出るのはさすがに無理かな。うーん……この扉が外に繋がってたらいいんだけど」

結構歩いたし、空が見えるってことは山の反対側まで来ているのかもしれない。

「この扉の向こう側が崩れていて、洞窟が終わっているなんてことはないかな……」

僕は目の前にある頑丈そうな黒い扉を見つめた。

――ドクン。

「え？」

なぜだか心臓が大きく鳴った。

「あれ？」

『塔の黒い扉』と認識した途端、ドクン、ドクン、と心臓が鳴って、掌《てのひら》にじっとり汗が滲《にじ》んできた。

「緊張してるのかな」

もしかしたら外に出れるかもしれない。そりゃ緊張するよね。

でもこんなに急に喉が渇《かわ》く？

僕はペロリと唇《くちびる》を舐《な》め、ゴクリと唾を呑《の》み込《こ》んだ。

「行ってみよう。でもこの扉……開くかな？」

〝――開《あ》かないよ〟

僕の心の中で、誰かがそう言った。

「……そうだ」

この、黒くて重そうで頑丈そうな扉は一日に一回来る管理人が開けるだけ。

「それに、中にいるぼくらが開けることは決してできない……」

ドキン、ドキン。

心臓が早鐘《はやがね》を打っている。

『中にいるぼくらが開けることは決してできない』って、僕はどうしてそんなことを知っているの？　それに心の中に響いた〝開《あ》かないよ〟って、あの声は何？　誰？

ドキン、ドキン。心臓の音が大きくなって、考えがまとまらない。

――ヌルリ。

「うわっ！」

僕の手に何かが触れた。

「あっ……スライムくんか。びっくりしたぁ」

ホ～ッと息を吐き、僕の手をグイグイ引くスライムに目を向けた。ポヨポヨ揺れながら、僕の顔と扉を交互に見ている。

もしかして『開けろ』と言っているのかな？　でも鍵はないし……

どうして鍵が掛かっていると確信しているのか、もうそこは深く考えないことにする。

「これ、魔力で開けるタイプの鍵かな？」

お店にも魔石鍵《ませきかぎ》があるから、解錠《かいじょう》の仕方は知っている。魔石に触れ、魔力を流せばいい。

だが、開けられるのは、魔石に魔力を登録された人間だけだ。

「でも、迷宮にあるこのタイプの鍵って、一定量の魔力を注げば開くっていうよね……？」

僕はイチかバチか、無色透明の魔石にそっと触れ、意識を集中して魔力を流してみた。すると透明の魔石がほのかに光り、ガチャッと鍵が開いた音がした。

「開いた！」

僕は深呼吸をして黒く重い扉を押すと――


「えっ」

そこには、おびただしい数のスライムがいた。

青や緑、赤に黒。薄暗く、さして広くもない部屋に何匹も、何匹も。

床が見えないくらいギュウギュウに押し込められていて、彼らは壁一面に生えている草を食べていた。

「な……何、ここ……」

ドクン、ドクン、ドクン。

心臓が嫌な音を立てている。可愛くて大好きなはずのスライムなのに、どうしてか怖い。

どうしてか不安で胸が締め付けられる。

僕は目眩《めまい》を覚え、よろりと壁に手を突いた。

そして、壁に生えている草をよく見て驚いた。

「これ……『日輪草《にちりんそう》』『不忍草《しのばずそう》』『孔雀花《くじゃくばな》』、どれも回復系ポーションの材料……」

他にも、紅い実や、黒っぽい花をつけた植物があった。これも何か薬の材料だろうか？

図鑑《ずかん》で見た毒草に似ているけど……知らない植物だ。

なのになぜか、僕はこれを知っている気がする。

「どうして……？」

ここはなんだ。ここは……

「スライムを飼育してる？」

なんのために？　誰が？

――誰が。

僕の首筋に、ツゥと汗が伝った。

おかしい。何かがおかしいし、僕もなんだか変だ。

それにこのスライムたちも変だ。

僕はスライムが好きだから、彼らのことはよく知っている。

この薄紫色のスライムのように、人懐《ひとなつ》っこく寄ってくる個体は珍しい。最弱の魔物であるスライムは、人にはあまり近寄らず、遠巻きにすることが多い。

なのに、このスライムたちはどうして逃げないの？

ううん、その前に僕のことを見てもいない？

「……この子たち、なんて無気力なんだろう」

ここのスライムは、ただひたすら薬草を食《は》んでいるだけ。そして、そんなスライムたちの間には、僕の拳大くらいの『玉』がたくさん転がって……いや、積み上がっている。

「『薬玉《くすりだま》』だ」

知らないはずの単語が口から滑り落ちて、またじわりと汗が伝った。

「僕、どうしたんだろう？」

ふらりと一歩、足を踏み出したら、一匹のスライムがペトリと僕の側に寄ってきた。

「ん？　どうしたの君？　あれ、なんだか体が……」

プルンと張りがあって丸いはずの形が崩れかけている。それに体の色も薄い。

僕は屈み込んで恐る恐る手を伸ばした。するとスライムは僕の手に乗っかり、プルプルと震えると――


ぱちゅん。

弾けて、消えた。

「ッ！　うわぁっ!!」

――ポヨン。

ポヨン。ポヨン。ポヨヨン。

驚き、お尻をついた僕の前には、薄紫色のスライムが跳ねていた。

そして目の前に広がるのは、ガランとした空間。冷たく何もいない石の床。
植物も何も生えていない石の壁。
色とりどりのスライムなんていない、ただの薄暗くて狭い円形の部屋だ。
「え……？　ま、幻……？」
あんなに大勢いたスライムが全部消えている。
手の上で弾けたスライムももちろんいない。あれは僕の心が見せた幻……？
僕のこめかみを汗が流れていって、ポタリと地面に落ちては染みを作る。
心臓はうるさいくらいにドッドッドッと鳴っているし、掌の汗はさっきよりもひどい。
「は……っ、ハァ。すぅっ……はぁ～……」
深呼吸をして息を整えて、僕はゆっくり立ち上がった。
その時、灰色の石床に落ちる淡い光に気が付いた。
この光はどこから？　僕は光が差す先を辿り、上を見上げた。
「え」
あの窓だった。
高い高い場所にある、十字の格子が嵌った小さな窓。
ぼくがいつも見上げていた、決して手の届かない窓が今も見えている。
『いつか……あの空の下へ行きたいな……』
——これは、夢のあの窓だ。

そう思った途端。心臓がドックン！　と大きく跳ね、頭がガツン！　と殴られたように揺れた。

そして恐ろしい勢いで記憶がフラッシュバックする。

「あ……！　っあぁぁあ!!」

薄暗い石造りの部屋。

右を見ても左を見ても、仲間がたくさんいて寂しくはなかった。だけど退屈な毎日だった。

食事は壁から生えた薬草や毒草。とても新鮮で美味しかったけど、たまには違うものを食べてみたいな、なんて思っていた。

ぼくらはずっとここにいた。あの黒い扉は外に繋がっているけど、管理人と呼ばれる人間が出入りするだけ。一日に一回しか開かれないし、外に行ってみたいと擦《す》り寄《よ》っても、連れて行ってくれることなんてなかった。

だから、あの小さな窓。

十字の格子が隔てた先に覗く、小さな青空だけがあの頃の慰《なぐさ》めで、夢だった。

「う、ああ……ッ！」

ガクリと膝を突き、その場に蹲《うずくま》る。ポタポタ、ポタン、と床に雫《しずく》が落ちては染みていく。

僕は手の甲《こう》で汗を拭うけど、また雫がポタタ、ポタンと流れて落ちた。

ああ。これ、落ちているのは汗じゃなくて涙だ。

「ぼく……」

自覚したらもっと涙が溢《あふ》れてきて、どんどんと視界がぼやけていく。

すると蹲る僕の側に、薄い紫色が割り込んできた。

ポヨン、ポヨヨン、と穏やかに揺れるあのスライムだ。

「スライム……スライムだ」

そう言葉にした途端、涙がボロボロと零れ落ちた。

ああ。湧き上がってくる、胸が震えるようなこの感情はなんだろう？　悲しい？　懐かしい？

ずっと不思議に思っていたあの夢の意味が分かったから？　ここでスライムに出会ったから？

それとも、ぼくだけが空の下へ出られたから？

「僕は……ぼくは……」

あの夢は、夢じゃなかった。

「ぼくの……記憶だったんだ」

涙が止まらない。こんなにボロボロ泣くことなんて、孤児院にいた小さな頃にもなかった。

きっとこんな大泣き、覚えていない赤ちゃんの頃以来だ。

「僕は――……僕の前世は、スライムだった……！」

ポヨポヨ揺れる薄紫色のスライムを抱きしめ、絞《しぼ》り出《だ》すように呟いた。

◆　◆　◆

ポヨン！　ポヨン！

どれくらい経ったろう。僕の腕から抜け出したスライムが部屋の真ん中で跳ねている。まるで僕を誘っているようだ。

「スライムかぁ……」

呟き、ハーッと大きく息を吐いた。

赤ん坊の僕がスライムに囲まれていたり、スライムを可愛いと思って好きだったり、今日だってこの薄紫の子と仲良くなってしまったり……

「妙にスライムと縁があるなー、なんて思ってたけど、まさか前世がスライムだったなんてなぁ」

驚きだ。生まれ変わりの話はお伽噺では出てくるけど、魔物から人間になったなんて話はない。

「う～ん。最強と言われるような魔物なら、特別な力を持っていそうだから、生まれ変わるのも分かる気がするけど……」

なんで僕、スライムから人間？　最強どころか最弱だし、お得感や特別感があんまりない。

「まあ、いいか」

前世が嫌いなものだったらちょっと落ち込むけど、スライムならいいや。

僕は気を取り直して立ち上がり、石壁を見た。壁に残る枯れかけの植物は、昔のスライム《ぼく》たちが食べていた薬草の名残だろうか。

「この感じだと、わりと最近まで生えてたのかな」

そのまま壁沿いに進むと、一部に薬草が茂っていた。それも見るからに品質がよさそうだ。

鮮やかな緑色で、葉はツヤツヤで張りがある。

「ここだけ残ってたってことは、外と繋がっているかもしれない」

普通、植物は光と水がなければ生きていけない。迷宮は例外だけど。

この塔は、空が見えてるってことは、地上に露出している。

「薄暗いのもそのせいだろうなぁ」

迷宮を明るく保っている魔素が薄い証拠だ。

僕は上を見て、そのまま後ろを向く。そこにあるのは、あの小さな窓だ。

時間によっては、ちょうど生き残っている薬草に日が当たりそうだ。

この塔がいつ地下からここに出てきてしまったのかは分からない。

だけど魔素が満ちていた地下で生きていた植物は、魔素の薄い地上に出てきて枯れてしまったのだろう。

「でも、まだ少し薬草が残ってる。光と水があれば、魔素が薄くたって生きていけるんだ」

僕は壁に生えた薬草を掻き分け、水の痕跡《こんせき》を探す。

どこからか水が流れ込んでるんじゃないかと思うんだけど……

「あっ」

壁が湿っている。この辺だ！

茎を傷付けないよう、気を付けながら探っていくと、ひび割れた壁の隙間から、チョロチョロと水が流れ込んできていた。

そうか。この水のおかげで、ここだけ薬草が残っていたんだ。

「やっぱり！　あー、でもこんなひび割れじゃ外すら見えない！」

もっと大きな亀裂とか、穴がないかと期待したんだけど、そう上手くはいかないか。

「はぁ。でも、どうしてこんな場所で、こんな高品質に育つんだろう……」

そう呟いて、僕は思い出した。

——ああ、そっか。そうだった。

僕は、スライムだったぼくがここで何をしていたのか、どうしてここにいたのかを、ハッキリと思い出した。

この薬草は、高品質に育ったのではない。元から特別で、高品質なものが植えられていた。

長い年月が過ぎても枯れなかったのは、特別だからだ。

そして、特別だったのは薬草だけでなく、ここにいたスライムも同じ。

「僕は、あの偉大なる錬金王の特別なスライムだったんだ」

◆◆◆

伝わっている文献《ぶんけん》には、古王国の王は錬金王や『魔王《まおう》』と呼ばれていたと記されている。

今の僕が知っていることと、昔スライムだったぼくが知っていたことには、少しズレがある。

話に聞く古王国では、人は精霊と共に生き、強大な魔物をも使役する力を持っていたという。

今よりも遥かに錬金術が発達した国だ。

でもある時、天変地異に見舞われ古王国は一夜にして地中へと沈んでしまった。

生き残った人間は、古王国が沈み、錬金術という便利な技術を失くし、きっと困っていたはずだ。

錬金術がなければ、ろくな武器も、防具も、薬も魔道具も何もない。

そして、錬金術の代替えとして発達したのが、魔法だ。

古王国時代には、人が持っている魔力だけを使う『魔法』ではなく、精霊の助けも借りて行使する『魔術』があったのだという。精霊の力で、自分の魔力を何倍にも活かすことができていたらしい。その最《さい》たるものが、錬金術だ。

僕は錬金術師に憧れていたから、少しでも錬金術のことが書いてある書物があれば、読んでいた。

よく読んだのは、錬金術を研究する魔導師の日記や、迷宮に潜る冒険者の手記。

そこにはよく出てくる言葉があった。

『古王国時代の錬金術を甦《よみがえ》らせることができれば王になれる』という伝説だ。

たぶん、迷宮探索が盛んになった頃に広まったものだと思う。

もうすっかり魔法が当たり前の世になり、広大な領土を誇った古王国跡地には多くの国ができていた。

国同士、地方同士でのいざこざは日常茶飯事。

魔法よりも便利で強大な、錬金術に憧れた魔導師や王も、多かったのだろう。

そして人々は、錬金術を甦らせるにはどうしたらいいか、真剣に考え、ある可能性を考えた。

もしかしたら地下迷宮城に、『古王国時代の錬金術を甦らせることができれば王になれる』何かが仕込まれているかもしれない。

伝説を確かめたい。だけど、盛り上がる一部の冒険者や富豪たちを横目に、この状況と、それを作った伝説に危機感を持つ者もいた。国王だ。

そして王は考え、始まったのが、国や有力貴族の出資による『迷宮探索』だ。

それぞれの目的を持ち、様々な人たちが迷宮に潜ってきた。

でも、伝説の真実は今も分かっていない。

そもそも、『古王国時代の錬金術を甦らせることができれば王になれる』とはどういうことだろう？

今はもう、王になりたいと真剣に思っている人は少ないと思う。

だけど、伝説というロマンを追い求めたい者は今も多い。

僕もそういう話を聞くのは好きだったしね。

だから危険と隣り合わせの迷宮は、今も人で溢れている。

――これがラブリュスで育った僕の知っている古王国だ。

このくらいのことは、ラブリュスで暮らす皆や、国中の冒険者にとっても常識となっている。

そしてスライムだった、ぼくが知っている古王国は――

「ここに仲間と詰め込まれて、毎日壁から生えた薬草を食べて回復ポーションを作っていたんだ」

僕は足下の、薄紫色のスライムに語り掛けていた。

「この壁には一面、薬草や毒草……色んな属性の魔力がこもった植物が生えていて、スライム《ぼく》たちは食べる植物によって違う、様々なポーションを作っていた」

たまに入ってくる管理人はぼくたちじゃなくて『壁』の世話をしていたように思う。きっとこの壁は、錬金術で錬成した魔道具なんじゃないかな。

「ぼくたちは、『製薬スライム』って呼ばれてたんだ」

食べた薬草や毒草に体内で魔力を加えて、いろいろな薬を作る。ぼくたちは、そういうスキルを持っていた。

ぼくたちは、食べさせられる素材によって、何ができるか分かるから、あとはスキルに従って薬を生成するだけだ。

「作った薬はね、薬玉っていう……僕の掌に載るくらいの玉で出てくるんだ。面白いでしょ」

薬玉は魔力で作られた透明の膜《まく》に包まれている。

だから中身がなんの薬か、色を見ればひと目で分かる。

それに魔力で包まれているから、意図しない限りその膜は破れない。その辺にゴロゴロ転がっていても、積み上がっていても大丈夫。

でも転がっちゃうのは不便だったから、四角のほうがよかったんじゃない？　って今の僕は思う。

あの頃のぼくたちが作ったポーション類や、毒薬などは相当な量だったと思う。

何匹もいたスライムが、毎日毎日作っていたのだから。

なぜそんな大量に作らされていたのか、何に使っていたのかは、ぼくは知らない。

覚えていないだけって可能性もあるけど。

でも、管理人たちの会話で覚えているものがある。

『色が薄くなった五匹のスライムは処分っと。その辺に捨てればいいか』

『しかし、陛下も本当にスライム使いが荒いよなぁ。レアスライムを使い捨てとは』

『ま、陛下ならスライム程度いくらでも作れるからな。ハハハ』

彼らはきっと、ぼくたちが言葉を理解していると思っていなかったのだろう。他にも外部に漏《も》らしてはいけない話を、ぼくたちの前で平気でしていた。

「……レアスライムか」

製薬スライムは、人工的に作られた特別なスライムだった。

食べるだけで薬を生成できるスキルも、作られたもの。

だけど製薬スライムなんてスライムは、今はどこにもいない。文献にすら残っていない存在だ。

『陛下ならスライム程度いくらでも作れるからな』の言葉通りなら、製薬スライム《ぼくたち》は、錬金王が作り出した種族で、古王国と共に消滅したのかもしれない。

「でも、それなら……迷宮の深いところで生き残ってたりしてね」

足下の薄紫色のスライムを見つめて呟く。するとスライムが、プルルンと小さく震え、斜めに体を傾けた。なんだか首を傾げているように見える。

「どうかしたの？」

スライムはポヨポヨ左右に体を傾けながら、薬草が茂る壁に頭（？）を突っ込んだ。

「あっ、だめ！　その薬草は痺れちゃうから食べちゃ……っ、んん？」

慌てて体を引っ張り壁から引《ひ》き剥《は》がすと、スライムは『違う違う』と言うように、手（?）を左右に振った。そして、僕の足下にプッと何かを吐き出した。

「え?」

それはコインくらいの大きさをした蒼色《あおいろ》の結晶だった。拾い上げ、窓から差し込む光にかざすと、灰色の石壁に、キラキラ輝く蒼が映った。

「綺麗……」

これ、僕のお守りと似てる。

僕は首に下げた守り袋から翠色の結晶を取り出し、比べてみた。二つは似たような大きさで、似たような質感。違うのは色だけだ。

「これってなんの結晶なんだろうね?　はい。見せてくれてありがとう」

僕が蒼色の結晶をスライムに差し出すと、スライムはフルフルと頭（?）を横に振った。そして、にゅうっと手（?）を伸ばし、僕の手に結晶を握らせた。

「え?　くれるの?」

プルン。頷くように体を折り曲げる。

「じゃあ遠慮なく。ありがとう」

受け取った蒼の結晶を、元から持っていた翠の結晶と一緒に守り袋へ入れた。

どうしてか、胸の守り袋が温かいような、不思議な心地よさを感じる。

「……これ、本当になんなんだろうね?」

プル？　今度は『さあ？』と首を傾げているようだ。

「ふふ。なんだか君、僕の言葉が分かってるみたいだね」

プルプルン！　スライムは楽しげに体を揺らす。

分かってるよ！　そう言っているようだ。

魔物と意思の疎通《そつう》ができるのは、【テイム】のスキルを持つテイマーだけ。

でもスライムだった前世のぼくは、人の言葉を分かっていたし、このスライムも言葉を理解しているかもしれない。そうだったらいいなって思う。

だって前世を過ごしたこの場所で、スライムと話せたとしたら、嬉しい。

あの寂しく味気ない日々が、ちょっと救われた気にもなる。

「ほんと……」

ハァ。僕は大きな溜息を吐《つ》く。

「今も昔も、『王様』っていうのは変わらないんだなぁ」

製薬スライム《ぼく》を道具のように扱った古王国の錬金王。

奉公人《僕》を奴隷のように酷使《こくし》するバスチア魔法薬店の旦那様たち。

大きな国でも、小さな店でも支配者たちは同じだ。

背中に担いだ袋がなんだか重たく感じて、僕は再び溜息を吐く。

「さて。そろそろ出口を探さなきゃね」

辺りを見回してみるが、目に付くものは特にない。

黒い扉は西の崖のハズレの崖下に繋がってるだけだし、高い位置にあるあの窓は小さすぎるし、あそこまで登るのも難しい。

「……水かぁ」

僕は壁に顔を近付けて、チョロチョロと流れる水を見つめた。流れを辿っていくと、崩れかかっている石壁の隙間から流れ込んできているようだ。

「ん？　床に染み込んでいってる……？」

よく見ると、床石の隙間に水が流れ込んでいる。

「この下に空間があるんだ！」

しかも水は溢れてきてもいない。外に繋がっている可能性が高いんじゃないかな⁉

僕は慌てて床に這《は》いつくばってよく見てみた。

すると水が流れ込んでいる辺りの床石に、窪《くぼ》みがあることに気が付いた。ちょうど親指が入るくらいの窪みだ。これ、床下収納に似てる。引っ張ってみれば開くかも！

僕は窪みに指先を入れ、上に引っ張ってみる。

指が痛くなるくらい思い切り引っ張ってみたけど、ガタガタ動くだけで開きそうにない。

もしかしたら長い年月で固まってる？

「何か、棒とか差し込んだら開かないかな……」

見回してみるが、そんな都合のいいものはない。あるのは『がんばって！』と、ポヨンポヨン跳ねるスライムの応援だけだ。でも可愛くてこれは元気が出る。

「よし。仕方ない。コレでやってみるか」

僕は鞘に収めたままのナイフを窪みに差し込んだ。

まさか折れたりしないよね？　とちょっと不安に思いつつ、テコの原理で体重をかけた。

すると石の床がゆっくりと持ち上がり、穴が開いた。

水はチョロチョロと、たしかにここに流れ込んでいる。僕は持ち上げた石床の扉をすっかり開けて、穴の隣に置く。そして穴の中をそっと覗くと……

「わ、部屋だ！」

ここは隠し部屋なのかな？　元々は地下室だったのかもしれない。

出入り口になっているこの穴には金属製らしい梯子《はしご》が掛かっている。見た目は錆《さ》びていないけど、使って平気だろうか。僕は手を伸ばして、そうっと触れてみる。

「あ、大丈夫そう。しっかりしてる」

それでも心配で、恐る恐る足を乗せてみる。うん、変な音もしないしイケそう！

僕はポタポタ垂《た》れる水を避《よ》けつつ、ゆっくり梯子を下っていった。

「腐《くさ》ってないのが本当に不思議だよね。特殊な錬金術でもかかっているのかも」

そして、下りた先にあったのは、前世《ぼく》のスライムたちは知らない部屋だった。

「工房……？」

部屋の造りは上と変わらないが、この部屋はもので溢れていた。

棚や作業台、硝子瓶《がらすびん》に様々な器具。店の工房とよく似た雰囲気の部屋だ。

それから壁の一部には、上階と同じように植物が生い茂っていた。上に生えていた薬草が水を求めここまで広がったようにも見える。

けど、光も当たらないのに、この一部の壁だけに生えてるのも不思議。

「ここの壁だけ特別なのかな？」

顔を近付けてよく見てみると、薬草が生えているこの壁の石だけ、ちょっとキラキラしているように見える。上階の壁もこうだったのかな。あとでもう一度見てみよう！

「なんか、すごいな」

僕はドキドキしながら部屋を探索してみる。

壁際には木箱が積まれていた。覗き込むと、形の崩れた黒っぽい何かが入っていた。貼られたラベルには『鎧毒蛙《よろいどくがえる》の皮』と書かれているが、朽ちてしまったようだ。

棚を見ると、並んでいる瓶にも何か入っているが同じく朽ちている。

形が残っているのは、色が薄くなった魔石だけ。魔力が抜けてしまっているようなので、魔石としての価値は低そうだ。

「加工する皮素材に、【時間停止《じかんていし》】の処理はしないもんね」

素材には、新鮮なまま使うものや、熟成させたり乾燥させたり、加工してから使うものがある。【時間停止】は、状態が変わってしまうと困るものにかける魔法だ。

「あ、本？　ノートかな？」

崩れてしまうかも。そっと触れてみると、こちらは【時間停止】がかけられているようで、大丈夫だった。

「うわぁ……古王国時代のノートだ……！」

すごい。初めて触れた迷宮の遺物だ！　僕は早鐘を打つ心臓を抑えながら、震える指でページをめくった。どうやらこれは手書きの研究ノートのようだ。内容は、素材や実験の記録、調合レシピらしきものも書き込まれている。

「毒消し、回復……薬やポーションのレシピだ」

どれも見たことのないレシピだ。

薬玉の記述があることから、これは上階の製薬スライムが作った薬を分析、研究したノートじゃないかと思う。製薬スライムが作る薬と同じものを、人の手で作るため、試行錯誤《しこうさくご》していたように見える。

「製薬《ぼく》スライム《たち》は体内に取り込んで【製薬《せいやく》】スキルで作ってたからなぁ」

あのスキルって今思うとすごく便利。製薬スライム特有のスキルだったのかなぁって思う。

あれは製薬スライムの本能っていうか、そのために創られた生き物だったから、ほとんど何も考えずに食べて作っていた。

「あの作り方の薬を、人間が再現するのはちょっと難しいよね」

食べる姿を観察していれば素材は分かるけど、その配合や分量までは分からない。

だからこうして細かく分析していたのだろう。

それに製薬スライムが作る薬は、人が作るものよりも高品質だった気がする。

スライムに素材を食べさせ作らせるのは楽だけど、古王国の錬金術師なら、探求心が疼《うず》いたはずだ。製薬スライムと同じ薬を、いやそれよりも高品質の薬を作りたい！　と。

「こっちはなんのノートかな？　日誌っぽい？　『永久薬草壁《えいきゅうやくそうへき》』……？」

僕はハッとした。『薬草壁』の文字から連想されるのは、上階の壁だ。

慌てて中を見てみると、薬草の育成状況と『壁の手入れ』の記録が書かれていた。

しかし、書いてある文字は読めても、その内容は全く理解できない。僕は植物を育てたことがないから、よく分からないのかもしれない。

「水やりくらいしかやったことないもんね……はぁ。でも、あの薬草の壁……やっぱり錬金術で作った魔道具だったんだ」

だから薬草は、いつも新鮮で品質もよくて、絶え間なく生えてきていたんだ。

——ドキン、ドキン。

大きく鳴る心臓の音は、さっきまでの不安に軋《きし》む音ではない。これは期待に高鳴る音だ。

「ここは、錬金術師の工房……」

ここには、僕が欲しくて、でも手に入れられなかったものが全て揃っている。

新鮮で高品質な薬草、欠けたり壊れたりしてない調合器具。それから薬のレシピも！

「綺麗な水もあるし、ちょっとだけ調合してみても……いいかな？」

呟いた言葉に薄紫色のスライムが、『やろう！　やろう！』と言うようにポヨヨン！　と高く飛び跳ねた。

◆　◆　◆

「えっと……日輪草と、『天草《あまくさ》スミレ』『黄金《おうごん》リコリスの根《ね》』『兎花《うさぎばな》の蜜《みつ》』を搾《しぼ》って……それからこっちの葉と……これはおしべだけ？　面白い調合だなぁ。あ、苔の乙女の台座も入れるんだ⁉」

僕は見つけたノートを片手に、永久薬草壁と思われる壁から素材を採取し、準備していく。

古いものとはいえ、こんなに設備が揃った工房で調合するのは初めてだ。

だから僕は、いつもの回復ポーションじゃなく、ノートに残されていた『古王国の回復ポーション』を作ってみることにした……のだけど。

「素材を無駄にしちゃったらどうしよう」

魔法薬の調合は、多くの素材を使えば使うほど、難易度が上がる。

見習いの僕が作れる普通の回復ポーションは、もっと単純なレシピだ。

日輪草をベースにするのは同じだけど、こんなにいろいろな素材を使うことはしない。

現在の魔法薬は、かつての錬金術師が作った薬が元になっていると言われている。

だけどまさか元のレシピがこんなに複雑なものだったなんて！

「ちょっと無謀《むぼう》だったかな……ん？」

僕は手元のノートをあらためて確認して、ふと違和感に気が付いた。

そこに書かれている文字は古文字だ。

「僕、なんでこれ読めてるの⁉」

古王国時代のノートなのだから、古文字で当たり前だ。だけど夢中になってたし、スラスラ読めたから、おかしいと気が付かなかった。

さっき、この塔に繋がる道で見つけた壁の文字は、なんて書いてあるのか分からなかった。

だって僕は古文字の勉強をしてないし、そもそも古文字は全て解読されてるわけじゃない。

特に専門用語や秘伝、個人の癖も強い錬金術のレシピは、未解読となっているものが多い。

「もしかして、前世を思い出したから……？」

そんなことってある？　前世で古王国時代に生きていたっていっても、ぼくスライムだよ⁉

「あ。でも人の言葉は分かってたし、文字も読めてたの……かも？」

管理人はぼくらの状態を観察し、どの薬草を食べさせるかの書類を持っていた。

何年も見続け、言葉を聞き続ける中で、文字も理解していったのかもしれない。

たぶん、製薬スライムはその能力だけでなく、知能も高かった。

小窓を見上げ、いつか外に行ってみたいと夢見ていたくらいだ。

「でも管理人は、ぼくたちに知性や感情があるとは思っていなかったよね」

今の常識でも、そうだと思われている。

スライムを従魔《じゅうま》にするテイマーもほとんどいない、最弱であまり役に立たない、どこにでもある石ころのような存在の魔物だ。

僕はふと、ポヨヨン、ポヨヨンと跳ねて僕を見上げるスライムに視線を向けた。

この子は特別、頭がいいのかもしれないけど、僕はこの子と意思の疎通ができてる。話し掛けたり、一緒に行動したりしたからかな。昔の管理人たちも同じようにしてくれてたら……

「ないか。ぼくたちはただの道具だったもんね」

製薬スライムは、古王国の錬金王に薬を作る道具として創り出され、飼われていた。

いわばただの製造機で研究対象だ。そこに好き嫌いの感情はない。

僕はノートをパララとめくる。試行錯誤の跡《あと》や、中には完成していないレシピもある。

「仲良くしたり、可愛がったりしてくれてたら、もっとすごい成果が出てたかもしれないのにね」

もったいない。製薬スライムだけに分かる新薬の組み合わせもあったと思う。

人とスライムが手を取り合っていれば、古王国の滅亡もなかった――なんてことは、飛躍《ひやく》しすぎかな。

僕は作業台に目を戻す。そこに並ぶのは、この迷宮で揃えた素材とここで見つけた器具。手元のノートも、どれもこれもが古王国の遺産だ。

ああ。なんでか素材も器具もノートもキラキラして見える。

「うん。転生した僕には魔法薬の調合知識があって、前世の勘《かん》もある」

昔はあり得なかった、人とスライムが手を取り合っている状態だ。

「よし！　古王国レシピの古王国の回復ポーション……作るぞ！」

気を取り直して、僕はてきぱきと調合の下準備を再開した。

〝このくさは、こまかくしないとたべにくいんだ〟

「そうだった。それじゃ、いつもより念入りに切ろっと」

心の中に浮かぶ誰かの助言に従って、繊維を断ち切るように細かく刻む。

〝ちょっとにがいんだよね〟

「あはは。だから兎花の蜜が必要だったんだね」

乳鉢《にゅうばち》ですり潰した薬草に、蜜を垂らして混ぜる。それから器具を使って熱を加えたり、濾《こ》したりもする。

心の声に従って進める作業は、なんだか昔の自分と二人でしているようで楽しい。

「あ、二人じゃない。三人か」

僕は足下にいる薄紫色のスライムに笑いかける。

僕と、心の中にいるスライムだったぼく、それとハズレで出会った薄紫色のスライムで三人……

正確には一人と二匹かな？

「それにしても、君はすごいね！」

『プルル、プル』

褒められた薄紫色のスライムが、照れているのか体をくねらせる。

この子は、にゅうっと体を伸ばし机の上を覗いては、僕が使った器具の洗浄をしてくれている。

スライムには【分解《ぶんかい》】や【浄化《じょうか》】のスキルがあるから、汚れも綺麗にできちゃうんだ。

それから水も！　壁を伝い流れていたあの水を汲《く》んだんだけど、本当に綺麗な水なのかちょっと心配だった。そうしたら、この子が水を取り込んで【浄化】をしてくれた。

スライムの体内から戻した水……いいのかな？　と、ちょっと思ったけど、製薬スライムも体内でポーションを作っていたし、気にしないことにした。

「下準備は完了。ふふふ！　いよいよ調合だ！」

僕は魔力を加えながら、ビーカーに入れた素材を混ぜ合わせていく。

混ぜる手が緊張でちょっと震えてるけど、大丈夫。きっと上手くいく。

だって、古王国のビーカーと攪拌棒《かくはんぼう》だよ？　錬金術がかかっていても不思議じゃない……なんてね！

「ゆっくりかき混ぜて……」

ドロリとした濃い緑色の液体をさらに混ぜていく。

するとビーカーが、キラキラ、キラキラと光り始めた。

「えっ？」

何これ？　驚いて瞬きをする。

だけど調合中に手を止めるわけにはいかない。ここで止めたら全てが水の泡だ。

手元はキラキラしているし、心臓はバクバクいっている。

次の瞬間。ビーカーがパァッ！　と強く輝き、深緑のドロドロが、一瞬で明くて鮮やかな翠色に変わった。しかも液体自体も淡《あわ》く輝いている。

「ほ、ほんとに錬金術……？」

でもこんな反応は見たことないし、聞いたこともない。

「ちょっとトロみのある感じは、回復ポーションだけど……」

それにしては色が鮮やかすぎる気がするし、匂いもスッキリしすぎな気がする。

「古王国の回復ポーションって、光るの……？」

その前に、どの薬の調合もこんなに簡単に、ちょこっと混ぜて出来上がるものじゃない。

「……あっ。まさか。まさかね？」

呟きつつ、僕は作業台に下準備前の素材をそのまま並べた。そして手をかざし――

【回復ポーション】！」

素材に魔力を注いでみた。けれど特に変化はない。

「あはは、そうだよね。まさかそんな――えっ⁉」

目の前がカッと光った次の瞬間、そこには見覚えのある翠色の球体が並んでいた。

「これ、薬玉⁉」

球体を作っている薄い膜。その中の液体は、このビーカーに入っているポーションと同じ色、同じ輝きだ。

これは、どう見てもスライム時代に作っていた薬玉だ。

「……これ、君？」

体をにゅっと伸ばし、作業台を覗き込んでいる薄紫色のスライムに、僕は薬玉を指さし言った。

するとスライムは首を大きく横に振り、手（？）で僕を指さす。

「僕……？　いやぁ、まさか」

だって僕はもう製薬スライムじゃない。前世の記憶を思い出しただけの、ただの人間だ。

「よし。もう一回やってみよう」

素材を並べ手をかざし魔力をこめる。

そして数秒後。カッと光ると、そこにはやっぱり薬玉が転がっていた。

「嘘だぁ!? 僕が薬玉を作れちゃうなんて……!」

信じられない。だけど嬉しい! 嬉しいし楽しい!

気持ちが高まり、はしゃいでしまった僕はもう一度、もう一度と、素材を並べては「【回復ポーション】!」の言葉で薬玉を量産していった。だけど――

「作りすぎた」

作業台にはキラキラ光る薬玉がズラッと並んでいた。

「僕……もしかして、【製薬】スキルに目覚めちゃった……?」

両手をギュッと握って呟く。

ゴロゴロと並ぶ薬玉が懐かしくて、綺麗で、僕は手がちょっと震えた。

【製薬】スキルは製薬スライムだけが持てるスキルじゃなかったのか?

そう思うけど、この『生成する』感覚を僕は知っている。前世では体の中に取り込み、魔力で練り合わせて生み出していた。

今世では、外から魔力を注ぎ、練り合わせているように感じた。

「うん。やっぱり【製薬】スキルだ」

自覚したら、じわっと喜びが広がった。

内と外の違いはあるけど、これは【製薬】スキル！

前世と同じスキルだなんて、僕の中にいるぼくが辛さや悲しさを思い出して、苦しくなるかなと思ったけど、逆だった。

「僕、昔もポーションを作るの好きだったんだね」

〝またつくれてたのしい〟

〝ぼく、じょうずにできてるでしょ？〟

〝もっとつくろうよ！〟

あの日のぼくが、胸の奥からそんなふうに語り掛けてくる。

「ふふ！　うん。そうだね、もうちょっとだけ実験してみちゃおうか！」

◆　◆　◆

そして、素材が尽きて実験は終了した。

作業台には二種類の薬玉が並んでいるが、右は明るい緑色の薬玉。

左は同じく明るくて、もっと鮮やかな青寄りの翠色の薬玉。

僕は左右の薬玉に水筒《すいとう》のコップを押し付ける。

ポーションの味見をするためだ。

ポーションを入れる容器に薬玉を押し当てると、薬玉は瞬時に容器に吸い込まれ、魔力の膜が消える。

「味は変わらないかな？」

二つを飲み比べてみたけど、どちらも体にスーッと馴染み、ぽかぽかと体が温かくなるのを感じる。でも、明らかに鮮やかな翠色のほうが、より体に染み込み、早く疲労が癒《いや》されていくような感じがする。

「うーん。【製薬】スキルを使えば、素材そのままからでも作れちゃうけど、ちゃんと手順を踏んだほうがいいものができるんだ」

緑色の薬玉は、スライムの時と同じように素材そのままから生成したもの。

鮮やかな翠色の薬玉は、通常通りの下拵えをしてから生成したものだ。

それに使った薬草の品質がいいせいかもだけど、やっぱり鮮やかな翠色のものは、絶対に初級ポーションじゃない。中級でもない。体感だけど、上級の中でも高品質なポーションだと思う。

「うわぁ。なんだかすごいもの作っちゃった。どうしよう」

ポヨポヨ、ポッヨ？　薄紫のスライムが『どうしたの？』と首（？）を傾げて僕を見上げている。

「あのね、こんな高品質のポーションって買うとすごく高いし、作れる人も限られているんだ。それも古王国の回復ポーションなんて、そのレシピと作れる技術を持ってるのは、錬金術師くらいしかいない。たまに迷宮で見つかることもあるけど、深い場所じゃないと見つからない、すごく珍しいものなんだよ」

だから僕が『古王国《こおうこく》の上級回復《じょうきゅうかいふく》ポーション』を持っているのは、普通に考えたらかなり不自然だ。

黙《だま》って隠し持つ手もあるけど、そしたら僕はこれを使ったり、売ったりすることはできない。

西の崖のハズレで手に入れました！　って言うのが今のところ一番無難だけど……

「そうするとここのことも報告しなきゃいけない……か」

この工房と永久薬草壁の報告をしたら、確実に大騒ぎになる。古王国のレシピや器具も残っているし、ここにはきっと調査が入る。

「そうなったら、もうこんな楽しい調合はできないんだよね……」

僕みたいな登録したばかりの新人冒険者に、立ち入る許可が出るとは思えない。

それに今みたいに勝手に採取して、器具を使うなんて許されないだろう。

恐ろしく古いものなのに今も変わらず使える器具と、貴重な古王国時代の遺産である永久薬草壁に、研究ノートと壁の日誌。

錬金術師や古王国の研究者にしたら、どれも国宝級のお宝だ。

ううん、研究者だけじゃない。古王国の様々な技術は、今は失われてしまっているものが大半。

今も使われている魔道具や、大昔から伝えられている魔道具は、どれも高価なものだ。

「ここのことを報告すれば、僕は高評価を受けて、褒賞金だって出るかもしれない」

それに冒険者ギルドや、その長《おさ》であるギュスターヴさんの株も上がるだろう。

だけど、それと引き換えに、僕はここを諦めなくちゃならない。

「何よりこの上の塔は、ぼくが前世を過ごした場所だ」

僕は上を見上げる。

苦い思い出が詰まった場所だけど、ぼくと仲間たちが過ごした場所だ。

できるなら、このままそっとしておいてあげたい。

「んん～！　どうしよう？　どうしたらいい？」

僕は考えて悩んで、悩んだけど答えが出ないので、一旦考えるのはやめて、出口を探そうと思った。

部屋の探索と調合が楽しすぎてちょっと忘れていたけど、僕は迷子なんだよね！

そもそも、ここへは出口を探しにきたんだって今思い出した。

「まあ、永久薬草壁があるから、しばらくは薬草を食べて生きていけると思うけど……」

できれば遠慮したい生活だ。それじゃ前世と変わらない。

「早く出口を探さなきゃ！」

僕は再び、チョロチョロと流れる水に注目した。ここも上階と同じく水溜まりはできていない。

ということは、どこかに水の出口があるはずだ。

「隠し扉があったり、壁が崩れてたりしないかなぁ……あっ、ここだ！」

どうやら水は、棚の後ろに流れ出ていっているようだ。僕は渾身《こんしん》の力で棚を引っ張り、動かす。

すると裏側は期待していた通り、周囲の壁が崩れて穴が開いていた。

「やった！　しかも結構大きな穴だ」

僕は棚の隙間に体をねじ込み、崩れた壁穴から身を乗り出してあたりを見回した。

「わ。外だ！」

壁から覗き見たすぐ横は崖になっていた。周囲には木がまばらに生え、下には細い沢が流れている。どうやらこの塔は、岩山からにょっきり生えたような感じになっているようだ。

「やっぱり。僕、西の崖のハズレがある岩山を突っ切ったんだ」

高さはあるけど、崖に飛び移れば下りられそう。

下に見える沢には、大きくてゴツゴツとした岩がたくさん見える。

ここは、きっと何度か依頼で魚を取りにきた、あの沢の上流だ。

「これで帰れる！　よかった、すっごいツイてる！　にしても、だいぶ暗くなってきてるような……？　僕、何時間ポーション作ってたんだろう」

気付かないうちに空がオレンジ色になっている。これは早く脱出したほうがいい。

日が落ちてしまうと、知っている道に出るのが難しくなってしまう。

「よし。大急ぎで脱出しなくっちゃ」

でも、その前にやることがある。

僕は急いで器具を片付けると、たくさん作った薬玉のポーションを、予備の採取袋まで使って、詰め込んでいった。

だって、せっかく作ったんだから自分で使う分だけは持って帰りたい！

これからは僕も冒険者として迷宮にも行く。回復ポーションは必需品だ。

特に戦闘が得意じゃないから、回復ポーションは多めに持っておきたい。

それに店でもらえるしなびた薬草と、壊れかけの器具で作るより、ここで作ったポーションのほうが圧倒的に高品質で頼りになるし。

「このポーションなら、大怪我だって一発で治るはずだもんね！」

僕はパンパンに膨《ふく》らんだ採取袋を手に、ぐるっと部屋を見回した。

目に入るのは、調合器具に何十冊もの古王国時代のノートと日誌、壁から生えた新鮮な素材。

「あ～どれもこれも全部持って帰りたい！」

だけどそれは無理だ。手が足りない。

僕は悩みに悩んで、レシピの研究ノートと永久薬草壁の管理日誌を持って帰ることにした。

あと、ポーション瓶も少しだけ。今流通しているものより綺麗なんだもん。あと、なぜか軽い。

「これくらいなら、なんとか……入った！」

僕は採取袋を背負うと、壁の穴へ向かった。

穴から身を乗り出し、下を見る。

背負った荷物が大きいこともあり、飛び移るのはかなり難しそうだ。あと危ない。

それにうまく飛び移れたとしても、足を踏み外したり崖が崩れてしまったりしそうで怖い。

「どうしようかな……あ、これ使えそう」

塔の近くまで伸びた枝からは、蔦《つた》がたくさん垂れ下がっていた。

僕は手の届く範囲にある蔦を集め、ざっくりと編《あ》んでいく。

簡易的なロープだ！　習っておいてよかった～！

そして作ったロープを近くの木に投げて、引っ掛ける。思い切り引っ張ってみたけど、強度は大丈夫そうだ。

「これで安全に下りられそう。よし！」

ぎゅっとロープを握り、そう言った時、ふと気配を感じて後ろを振り返った。

するとあの薄紫色のスライムが僕に向かって手（？）を伸ばしていた。

両手を広げて『抱っこ』という感じだ。

「えっと……もしかして、一緒に行きたいの？」

ポムン！　ポムン！　とスライムが大きく頷く。

「仕方がないなぁ」

そんなふうに言いつつ、僕は知らず知らずのうちに笑顔と涙を零していた。

だって手を伸ばすその姿が、昔のぼくの姿とダブって見えたのだ。

「うん。一緒に行こうね」

僕はスライムを抱き上げ、背負っている採取袋の上に乗っける。

「しっかり掴まっていてね？　いくよ！」

プルン！　ペタン。スライムが手（？）で僕の肩にしがみつく。

蔦のロープを頼りに、僕とスライムは塔から飛んだ。

「うっわ！」

飛び移った足下の岩がガラガラと崩れる。足場はちょっと不安定だけど、成功だ！

ぺとり。ぺちぺち、とスライムが僕の背中から手（？）を伸ばし、頬を撫でる。

「ふふっ。上手くいったね」

やった。塔を出られた！

そして僕は、ふと頭上を見上げてみた。そこには、あの十字の格子が付いた小さな窓があった。

ああ。あの窓を初めて外から見れた。

「ふふふ」

小さな窓を見上げ外を夢見ていた、あの頃の自分を救えたような気がして、なんだか嬉しかった。

◆　◆　◆

「うわあ、急がなきゃ。もう日が沈んじゃう！」

もうだいぶ空が暗い。せめて街道に出ないと！　じゃなきゃ朝まで野宿になってしまう。

僕は沢伝いにずんずん歩いていく。すると見覚えのある特徴ある岩に行き当たった。

「やった！　やっぱりあの沢だ！」

細長い岩の上に、横長の岩がちょこんと乗っかっている。

帽子をかぶったようなこの岩は、いい魚釣りスポットの目印だ。

ここからなら、もう少し下れば街道に続く道に出る。

「夜になる前にそこまで行かなくちゃ！　走るよ！」

足下のスライムにそう言うと、丸い薄紫色はポヨン！　と飛び跳ねた。


やっとのことで街に着くと、日はとっくに沈んで夜になっていた。

城壁や城門には衛兵がいるけど、日が落ちたからって城門を閉め切ることはない。

だから、夜になっていても街に入ることはできる。一応街に入るための審査はあるけど。

城門の衛兵さんだ。

「君。一人か？　そのスライムは？」

「一人です。採取をしに西の崖のハズレに行ったら、えっと……ちょっと迷っちゃって……」

僕はバスチア魔法薬店の従業員証を見せる。

街の紋章と魔法薬師ギルドの印が押してあるから、僕がこの街の住人だとすぐに分かるはずだ。

「あとこのスライムは仲良くなったんですけど、街に入れるのはだめですか？」

スライムはポヨン、ポヨンとのんびり跳ね、衛兵さんに無害アピールをしている。

「うーん。テイムしている従魔だったら問題ないんだが、君はテイマーか？」

「えっと、スキルの鑑定はまだこれからなんですけど、たぶんテイマーです……？」

本当はそんなことは分からないけど、このスライムをここで放り出すなんてあり得ない。

とりあえずテイマーだってことにして、あとはギュスターヴさんに相談しよう。

「まあ、スライムだし問題にはならないか。だが、放し飼いにはしないように。いいね？」

「はい！」

ホッとして城門をくぐり、振り向いて、城門の上に掲《かか》げられている大きな灯《あか》りを見上げた。

篝火《かがりび》よりも、一般的な魔道具のランプよりも明るいこれは、錬金術で作ったものだと聞いている。

この灯りは遠くからもよく見え、真っ暗な中で目印になってくれた。これは地上の灯台《とうだい》だ。

僕みたいな思わぬトラブルに巻き込まれ、到着が遅れた旅人や隊商にとって、ありがたい目印なんだ。

「これも古王国のレシピだったりね」

錬金王にいい感情は持てないけど、錬金術にはやっぱり憧れる。

ぼんやり眺めていたら、くいくいと袖を引かれた。薄紫のスライムだ。

「うん。急いで帰らなくっちゃね。ギュスターヴさんたち、心配してるかなぁ」

せっかく誕生日祝いにご馳走《ちそう》してくれると言っていたのに、冒険者登録もする約束なのに、すっかり遅くなってしまった。

「まだ待っててくれてるかなあ」

僕はスライムと一緒に、冒険者ギルドへと走っていった。


「あ、よかった！　まだ開いてた〜」

併設《へいせつ》されている食堂は遅くまでやってるけど、受付などのカウンター業務は夜の八時くらいまで。

エリサさんはもう帰ってしまったかもしれない。

そっと扉を開け中を窺ってみると、カウンターにいたエリサさんと目が合った。

まだ帰ってなかった！

「ロイくん⁉　よかった、待ってたんだよ〜！　心配した‼」

「わっ、エリサさん……っ⁉」

駆け寄られ、ギュッと抱きしめられた。待っててくれたのは嬉しいし、ギュッとされるのも嫌じゃないけど、こんなところではちょっと恥ずかしい……！

「ロイ⁉　馬鹿野郎！　心配しただろうが！」

この声はギュスターヴさんだ！

ドカドカと足音が聞こえて、エリサさんの胸に埋まった僕の頭が、大きな掌でワシャワシャと撫でられた。

「ギュ、ギュスターヴさん！　ごめんなさい！」

「ったく。こんな時間まで何やってたんだ？　あそこは何度も行ったことあるだろうに。迷うような場所でもねぇ……し……」

ギュスターヴさんの目が僕の足下で止まった。エリサさんもだ。

その視線の先は、ポヨポヨと揺れてる薄紫色のスライムだ。

「なんだこれ」

「スライムです」

「いや、それは分かる。どうしたんだ？　コイツ」

「えっと、なんか仲良くなっちゃったみたいで……えへへ？」

「はぁ⁉」

「ギルド長。ロイくんのスキル鑑定すぐにやりましょう‼　もしかしたら【テイム】のスキルがあるのかも！　あ、このスライムの登録もしなきゃですね～！」

そして二階の個室に通された僕は、さっそく【スキル】の鑑定をすることになった。

「ロイ。この板の上に手を置いてみろ」

目の前に置かれた半透明の板。

これに魔力を通すと、【スキル】を鑑定してくれる。

よく分からないこの技術は、研究者が復活させた古王国のものだ。ただ、復活させたと言っても辛《かろ》うじて使っているだけで、これを発展させたり改良したりするのは難しいらしい。

「緊張しないで、ゆっくり魔力を流してね～」

「はい、エリサさん。では、いきます……！」

意識を集中させ、ゆっくりと魔力を流していく。

すると半透明の板が淡く光り出し、徐々に明るくなって、キラキラ輝く翠色が板に広がった。

「うわ……これが、僕の魔力」

綺麗だ。僕の魔力はこんな色をして、こんなふうに輝いていたんだ。

人それぞれ、魔力には属性や色があり、個性がある。それから魔力の質は通常、生涯変わらないと言われている。

すごい。魔力がスイスイ板に流れていく。もっと抵抗感があるのかな？　と思っていたんだけど、

本当に解析できてるのかな？　これ。

「おい、ロイ。大丈夫か？」

「え？」

ギュスターヴさんが険しい表情で僕の顔を覗き込む。

「随分と魔力が取られている。普通はこんなに多く消費するもんじゃないんだが……倒れるなよ？」

「ロイくん、無理しないでね？　おかしいですね～。普通ならもう鑑定結果が出るはずなんだけど……」

エリサさんも心配そうな顔だ。

「うん」

何が起きているんだろう？　魔力も体調も全然大丈夫だけど、たしかに結構持っていかれてる気はする。僕そんなに魔力が多くなかったはずだけど……？

もしかして、前世の記憶のせい？

前世を思い出したら古文字も読めたし、【製薬】スキルも使えた。その可能性はある。

「あっ」

チカチカと板が点滅して、透明だった板がポーションのような翠色に染まっていた。

「ロイ。手を離していいぞ」

僕は頷いて、ドキドキしながら手を離す。

そこにはスキルとその効果が浮かび上がっていた。

スキル【製薬】
一級：望む薬を完璧に生成できます
スキル効果：《調合良《ちょうごうりょう》》《時短《じたん》》《素材解《そざいかい》》《レシピ解《かい》》《高品質《こうひんしつ》》

スキル【友誼《ゆうぎ》】
四級：心を通わせた魔物をテイムできます
スキル効果：《スライム》《以心伝心《いしんでんしん》》

「えっ、これ……？」

【製薬】は分かる。前世の製薬スライムが持っていたスキルだ。

一級っていうのはスキルのレベルのこと。一番低いのが五級で、最高がこの一級になるんだけど……いきなり一級だなんて、僕の年と経験ではちょっとあり得ない。

でもスイスイできたポーションの調合は、やっぱり【製薬】スキル——しかもこの一級のおかげだったんだって、納得だ。

スキル効果もすごい！　効果は級が上がるごとに一つずつ増えていく。

僕は一級だから五つある。

《調合良》は、魔法薬師や鍛冶師なんかがよく持っていて、調合が成功する確率が上がる。

《時短》はわりと多くのスキルに付いている。名前の通り、スキルを使う作業の時間短縮ができる。

《素材解》と《レシピ解》は、僕は知らないスキル効果だ。これは調べてもらわなくっちゃ。

最後の《高品質》も、スキル効果の中ではよくあるものだ。高品質のものができる確率が上がる。

でも、五つ目のスキル効果としてはちょっと……いや、だいぶ地味だなあ。

そして、二つめのスキルは――

「【友誼】？」

説明を見るとテイムの一種みたいだ。スライムが僕に懐いて付いてきたのも、このスキルのせいかと納得する。こっちは四級だから、まだ成長するかもしれない。

それとスキル効果の欄も気になる。

《スライム》って何⁉　僕の【友誼】はスライム限定ってこと？

それとも【友誼】を結んだ魔物のことを指しているのかなぁ？

これは今後、もしも他の魔物と【友誼】を結んだ時に分かるだろう。

《以心伝心》は、この薄紫色のスライムと、意思の疎通がなんとなくできている今の状態のことかな？　って思う。

僕は足下でポヨポヨ揺れている薄紫スライムを見た。なんとなく彼（？）が笑っている気がして僕も微笑みを返す。

「ええ～、なんですかこのスキル……ギルド長ぉ～！」

「いや、俺も初めて見るスキルだ。魔法薬師の修業をしてるなら普通は【薬師】のはずだが……

それに級位《ランク》もおかしい。こりゃ確実にレアスキルだな。もしかしたら、ロイだけのユニークスキルかもしれん」

「えっ、そうなの？」

「ああ。それにお前、魔力量が随分と増えてるな。前はこんなに多くなかっただろ？」

僕がこなしていた魔法薬の下拵え依頼を把握してるギュスターヴさんは、僕の魔力量も把握済みだ。小さい頃から見てくれてるしね。

「うん。すごく増えてる」

でも不思議なことに、このくらいの魔力を持っているのが普通のような気がしているし、体にも馴染《なじ》んでいる感じがする。

やっぱりこれも前世の影響かな？　記憶が引き金になって、魔力が戻ったのかも。

「……おい、ロイ。お前、妙に落ち着いてるな？」

「えっ」

ギクリとして、思わずギュスターヴさんの鋭い視線から目を逸らしてしまった。

「こら。何か知ってるな？」

ずいっと顔を寄せられて、片方だけの紫色の瞳が僕の瞳の奥を見つめてくる。

「え、ん、ううん？　知らないです」

嘘ではない。心当たりはあるけど、本当のところは知らない。全部僕の想像だ。

「ロイ」

ギュスターヴさんは僕の頬を両手で挟み、まっすぐ目を見つめ、言葉を続けた。

「珍しいスキルは諸刃《もろは》の剣《つるぎ》だ。溺《おぼ》れる奴もいるし、驕《おご》る奴もいる。利用したい奴も寄ってくるし、たかってくる奴もいる。注意が必要なんだ」

「う……うん。はい」

僕は、今度は目を逸らさずに頷いた。

その通りだと、本当に思ったからだ。だって前世のぼくがまさにそれだ。【製薬】のスキル目当てにあの部屋に閉じ込められ、ただ草を食《は》み、小さな窓から空を眺めていた。

「よく、分かります」

今度はあんな暮らしはしたくない。

前世のぼくの分まで、僕は自由になって、この【製薬】スキルで楽しくポーションを作って幸せに暮らしたい。あと、せっかくだから冒険者になって、迷宮にもどんどん行って、冒険したい！

見たことのないものを見て、知らない世界を知ってみたい。

「僕、スキルを知られないように注意します」

「ああ、それがいい。それからロイ。そのスキル、お前の店の旦那方には絶対に知られるなよ」

「はい」

「それと、もう一つ。お前が知ってることを、そのうち話してくれると嬉しい」

「えっ」

ギュスターヴさんがクスッと笑って、目を丸くした僕の頭をクシャクシャかき混ぜる。

「えっ、じゃねぇよ。お前のことは赤ん坊の頃から知ってるんだ。何か隠してることくらい分かるわ！」

「そうだよ〜。ちっちゃい頃から見てるからね！　私にだって分かるよ〜？」

「えっ⁉　本当に？」

二人は大きく頷く。ついでになぜか足下のスライムも頷いている。

「えっと、でも僕もどう話したらいいのかよく分からなくて。あと……」

受け入れてもらえるか、不安だ。

〝前世が古王国の製薬スライムで、西の崖のハズレで新しいエリアと貴重な魔道具と研究ノートと日誌を見つけて、古文字が読めるようになって、【製薬】スキルで一瞬でポーションを作れるようになりました！〟なんて、簡単には信じられない話だ。

もしかしたら嘘を吐いてると思われるかもしれないし、最悪、気持ち悪がられるかもしれない。

頼りにしているギュスターヴさんに嫌われたくない。そんなのは嫌だ。

そんな気持ちで下唇を噛み俯《うつむ》いたら、頭にポンと大きな手が乗せられた。

「大丈夫だ。ロイ」

その低い声は優しい。僕が何を怖がっているのか、分かって「大丈夫だ」と言ってくれている。

「ギュスターヴさん……」

「俺はお前の気が向くのを待ってるから、そんな情けねぇ顔するなよ」

そろりと目だけで見上げると、ギュスターヴさんはニカッと笑い、僕の頬を両手でむぎゅっと挟んで上を向かせた。

僕が小さな頃から、ギュスターヴさんはよくこうする。

手を引いたり抱き上げたりするんじゃなくて、『上を向け』と僕の顔を上げさせるんだ。

そうだよね。俯いて怖がっているだけじゃ、何も変わらないし何も始まらない。

今はせっかく自由な空の下にいるんだ。

この能力を自分の好きなように活かして、何かを初めてみてもいい。

【製薬】スキルで楽しくポーションを作って、今度こそ幸せに暮らしたいって思ったばかりじゃないか。

「隠し事を話したくなったら、いつでも聞くからな。ロイ」

「はい！　あの、少しだけ考えたら、絶対に一番にギュスターヴさんに話すね！」

「おう。それじゃ、次は依頼についてだ。苔の乙女の台座の採取と坪庭の魔素溜まりの測定はできたのか？」

「あ、はい。えっと……これです」

僕は背負っていた採取袋から、素材と簡易魔素測定紙を取り出しテーブルに置いた。

「これは……とんでもねぇな」

ギュスターヴさんは簡易魔素測定紙を開き、そのあまりの赤さと、四隅の紫色に眉根を寄せた。

その見つめる視線は険しくてなんだか少し怖いくらいだ。

「ギルド長～、苔の乙女の台座もすごいですよ～!?」

エリサさんは、たっぷり採取してきた苔の乙女の台座を秤《はかり》に載せ、その量と品質に丸い目をさらに真ん丸にしている。

「なるほど。採取物もすげぇな。ロイ、これなら問題ない。だが、明日西の崖のハズレの様子について ちょっと詳しく聞かせてもらうぞ」

「え？　明日でいいんですか？」

今すぐ話せと言われるかと思った。

「いいに決まってるだろ！　ホラ、行くぞ！」

「えっ？」

グイッと手を引かれ階段を下りていく。もちろん【友誼】で結ばれたスライムも一緒だ。

「も〜。みんなロイくんが帰ってくるの待ってたんだからね〜？」

階下からはガヤガヤと賑やかな声が聞こえている。ギルドに併設された食堂からだ。

酒場でもあるからいつも賑わっているけど、今日は一段と騒がしい。

僕が首を傾げていると、ギュスターヴさんがハァーッと大きな溜息を吐き、言った。

「俺がロイの誕生日と、冒険者登録祝いをするって言ったら、アイツらたかってきたんだよ。見てみろ、ギルド職員総出だ」

そして、ギュスターヴさんはニヤッと笑って、重たい麻袋を運ぶみたいに、僕を肩に担ぎ上げた。

「うわっ、ギュスターヴさん!?」

腰と脚を支えられ、肩に載せられた僕は、ギュスターヴさんの背中側で声を上げる。

ブラブラ不安定でちょっと怖い！

でもエリサさんは笑っているし、薄紫色のスライムも楽しそうに跳び、一緒に階段を下りていく。

「お前ら、お待ちかねのロイがやっと来たぞ！」

ギュスターヴさんがそう言うと、ワッ！　と声が上がって囲まれて、僕は目をぱちぱち瞬《またた》いた。

「お帰りー！　ロイ！」

「おめでとう！　仕事ちゃんとできたか？」

「ロイ、これ美味《うま》いから食ってみな！」

「待って、そのスライム何～⁉」

囲んでいるのは、顔見知りの職員さんたちだけじゃない。

たまに体術の稽古《けいこ》を付けてくれたり、迷宮の話をしてくれたり、簡単な魔法を教えてくれたりする冒険者さんたちもいる。

「ああ、主役がこれじゃあんまりだな」

あ、やっと下ろしてもらえる。

そうホッとしたのも束の間、ギュスターヴさんは、今度は僕を肩車してしまう。

「えっ、ギュスターヴさん！」

ちょっと恥ずかしい！　あと高い！

「あはは～！　いいね、ロイくん」

エリサさんはいつの間にか、職員さんたちと一緒に果実酒を手にしている。

「ロイくん、冒険者登録おめでとう。迷宮での採取は慎重にね」

ギルドに所属している魔法薬師さんから手渡されたのは、携帯用の薬入れ。瓶が固定されるからガチャガチャしない優れものだ。

「ロイ、十三歳おめでと！　これ、俺たちからプレゼントな」

「えっ！　ありがとうございます！」

大型の魔物も倒すパーティーからは、丈夫そうな革のポーチをもらってしまった。嬉しい、ぴかぴかだ！

そのあとも、お祝いで溢れるホールを肩車の僕が歩くと、皆が高価ではないけどちょっと珍しかったり、新米冒険者には嬉しかったりするものを、プレゼントしてくれた。

魔物除《まものよ》けの結界石《けっかいせき》に、寒い朝夕でも冷えない魔石の温石《おんじゃく》。

迷宮で使える筆記用具セット、撥水効果《はっすいこうか》が高い靴磨きクリーム等々。あっという間に僕の両手はいっぱいだ。

「みんな、あの、ありがとうございます！　あとこの子、友達になったスライムなので、どうぞよろしく！」

そう紹介したら、ギュスターヴさんの足の間でオロオロしていたスライムが、慌てて前に飛び出して、『プルン！』と胸（？）を張った。

どっとホールが沸《わ》いて、そこからはもう大変だった。

やっと肩車から解放された僕は半分出来上がってる皆にもみくちゃにされ、これも食え、あれも食えと次々料理を渡されて、しこたま食べた。

美味しくて、賑やかで楽しくて、ああ、僕すごく恵まれてる。そう思った。

仲間でギュウギュウなこの光景は、前世のあの部屋とちょっとダブるけど、でも全然違う。虚しさなんか微塵《みじん》もない。

僕、ここに来られてよかったなぁ。ふと隣を見上げた。縁《えん》を繋いでくれたのは、僕を拾ってくれたギュスターヴさんだ。

「どうした？　ああ、酒はもう少し大きくなってからな？」

「ふふっ。分かってるよ！」

「あ、冒険者登録を忘れてたな。明日の朝一でしてやるよ。あとそっちの従魔登録もするから、いい名前考えてやれ」

「はい！」

ギュスターヴさんはお酒で、僕は葡萄《ぶどう》ジュースであらためて乾杯をした。

ああ、明日が楽しみ！

そして僕は決めた。明日、ギュスターヴさんには全部話そうと。

これからのことを考えたら相談できる人が必要だ。

そしたらそれは、僕にとって一番頼りになるギュスターヴさんしかいない。

でも、何から話せばいいかな？　塔の工房のことはどうしよう？　一晩ゆっくり考えよ……

『ぺちぺち』

「ん？」

肩を軽く叩かれ隣を見ると、椅子にちょこんと座ったスライムくんが僕を見上げていた。体を斜めに折り曲げて『どうかしたの？』『だいじょうぶ？』と言っているみたいだ。

「大丈夫、ちょっと考え事してただけだよ」

にっこり笑って寄りかかると、『ぷよん』と柔らかくて、懐かしい感触がした。

「ねえ？　君の名前、何がいいかなあ」

もちろん返事はないけど、スライムくんはプルル、プルルルと楽しそうに揺れていた。

◆　◆　◆

その夜はギルドの簡易宿泊所に泊めてもらうことになった。

明日は休みだから帰らなくても問題ないし、ここに泊まれば本当に朝一で冒険者登録をしてもらえる。最高だ！

「あ～、早く正式登録して迷宮城に行きたいな～！」

抑えきれないワクワクが口から零れた。

街の中心にある地下迷宮城ラブリュスは、まだ最下層まで踏破《とうは》されていない大きな迷宮だ。

これまでは、半人前でも入れる安全な浅層部までか、大人の冒険者について行くかしか、迷宮に入る方法がなかった。

だけど明日、冒険者登録をすれば、僕は一人で迷宮城に入ることができる。

いきなり中層部までは行けないけど、浅層部でも、これまで一人では行けなかった深い場所には
いい素材がある。

「早く行きたいな〜。やっぱり魔素が濃いのか、あそこはいい素材が採れるんだよね」

ハズレの塔で見つけた永久薬草壁ほどではないけど、それでもいい素材が手に入るのは嬉しい。

あと【製薬】スキルもあるし、作ってみたいものがたくさんある！

僕はベッドの上でゴロゴロしながら、今日西の崖のハズレで見つけた古王国時代のノートを開いた。

「うん。やっぱり迷宮城の浅層部素材で作れるレシピもある」

そのレシピは、使う素材の種類が随分と少ない。簡易レシピっぽいなと思いつつ、次のページをめくったら案の定、手の込んだ正式なレシピが書かれていた。

どんどんめくっていくと、ノートには回復ポーションだけでなく、魔力回復ポーションや解毒剤など様々なレシピが書かれていた。どれも初級から上級、簡易調合版や、製薬スライム専用っぽいレシピもある。面白いなこれ。

「ん？　注意書き……？　『製薬スライム製のポーションは高品質、高濃度なため、過剰摂取《かじょうせっしゅ》による中毒に注意が必要』か。昔も『ポーション中毒』ってあったんだなあ」

古王国の錬金術師が作った薬は万能だと思っていたけど、そうでもなかったのか。

ポーションは多く飲みすぎると、体が魔力を許容できなくて、貧血のような症状を起こすことが

ある。

「僕が作ったポーションって、どのくらいまで飲んで平気なんだろう……？」

塔の工房で作ったポーションはかなり高品質のものだった。

あのレシピはたぶん、製薬スライム用だけど……

僕は手元の『製薬スライム製のポーションは高品質、高濃度なため、過剰摂取による中毒に注意が必要』という注意書きに目を落とす。

「ちょぴっとずつ飲んで、試してみるしかないかなぁ」

あ、でも現代には存在しない『ポーション中毒《ちゅうどく》の解毒剤《げどくざい》』のレシピが載っている！

へぇ。作るのに苔の乙女の台座が必要なのか。

「苔の乙女の台座ならたっぷり持ってるから、もし中毒症状が出ても心配なさそうだね」

よかった。あのポーションを飲む前にいくつか作っておこう！

「ああ～、何もかもが楽しみ！　早く明日にならないかな……」

ベッドの下で、ポヨ～ン、ポヨ～ンと揺れながら眠っているスライムを眺めながら呟いて、僕もゆるゆる瞼《まぶた》を閉じた。

第二章　迷宮都市の新米冒険者

「できたぞ、ロイ。これで冒険者登録完了だ」

翌朝。ギュスターヴさんの手によって、僕の腕に細い青銅《せいどう》の腕輪が嵌められた。

「すごい、キラキラしてる……！」

ピカピカの銅色《あかがねいろ》は、輝く朝焼けにも見える。始まりの色だ。

新米冒険者の腕輪は、始まりの色になぞらえ、青銅が使われるんだとも聞く。

まあ、本当のところはもっと現実的な理由なんだろうけど、僕は始まりの朝焼け説も好きだ。

『冒険者《ぼうけんしゃ》の腕輪《うでわ》』も古王国の遺産の一つだ。これには名前、登録ギルド、冒険者級位などが登録されている。腕輪を作れるのは僅かな錬金術師だけだし、情報の書き込みもギルドにある特殊な魔道具でしかできない。だから冒険者登録や級位の昇進は、専用の小部屋で行われる。

僕はちょっと特別な気分で、腕輪が輝く腕を掲《かか》げてみる。

「僕も冒険者になったんだ……」

これでまた一つ、自由を手に入れた！

冒険者になれば、もう何もできない子供じゃない。

魔法薬師の修業をさせてくれない工房にしがみ付かなくても生きてはいける。

「ピカピカの青銅級の腕輪は気に入ったか？　ロイ」

「はい！」

冒険者には青銅級、白銅級《はくどうきゅう》、銀級《ぎんきゅう》、黄金級《おうごんきゅう》、白金級《しろかねきゅう》と級位がある。

一番下の青銅級は、十三歳以上で登録料さえ払えば誰でもなれるので、他の仕事と兼業する者も多い。お小遣い稼ぎにちょっと、とか。

「でもな、今は綺麗なその腕輪も、磨きもせず放置してると色がどんどん濁《にご》ってくる。最悪は緑青色になっちまう」

僕は頷く。その通りだ。

街中で雨風に晒される青銅製の像は、長い年月の間にすっかり緑がかった青色になっている。

「ま、汚れた色になるのは頑張った証でもあるんだがな。よく汗をかいた冒険者の腕輪は濁った色だって聞くだろ？」

「でもそれは青銅級には当てはまらないでしょう？」

だって青銅は始まりの色だ。濁った青銅の腕輪は、スタート地点でずっと燻《くすぶ》っている者の証《あかし》として、あまりいい意味には取られない。

「そうだな。まずはその腕輪を磨く程度の余裕を作って、十五歳の成人までに白銅級になるのを目指すのがいい。色んな素材を採取しに行くには、白銅くらいの腕がなきゃ、それも叶わねぇ。俺もそれまでには、お前にもっとマシな師匠を探してくる。もう少しだけ辛抱《しんぼう》してくれ」

ポンと頭を撫でるギュスターヴさんを窺うと、ちょっと苦い顔をしていた。

先代さんが亡くなって、僕は薬師の修業をさせてもらえなくなった。僕をバスチアに預けたギュスターヴさんは、それを随分気にしてくれてるんだよね。

「はい！　でも、基本のポーションは作れるし、僕には【製薬】スキルもあるから大丈夫！　探索はちょっとまだ自信ないけど、ポーションの作製依頼ならいっぱいできるし、すぐに白銅級に上がっちゃうかも！」

新米冒険者で見習いの薬なんてちょっと危うそうだけど、でもきっと大丈夫。

僕は製薬スライムだった前世を思い出したし、西の崖のハズレで見つけた塔の工房もある。

「まぁな……しかしロイ。お前なんでそんなに自信満々なんだ？　その【製薬】スキルのせいか？」

「えっと……はい」

ギュスターヴさんは『どこまで話してくれる？』と僕の目を見つめている。

ちょっと怖いけど、でも僕はギュスターヴさんには話すと決めたんだ。言おう。

「ギュスターヴさん。僕の秘密、内緒にしてくれますか？」

じっと見上げると、ギュスターヴさんは微笑み静かに頷く。

そして、部屋の鍵を閉め、【防音】の魔道具を起動させた。

◆　◆　◆

「――というわけなんです」

僕は西の崖のハズレで前世を思い出したこと、自分が製薬スライムだったこと、【製薬】スキルは製薬スライムの能力であることを話した。

あと、崖から落ちてスライムに出会ったのが、思い出した切っ掛けということにしておいた。あの塔での過去を話して、ギュスターヴさんを悲しませたくない。

「それからこれ……僕が【製薬】スキルで作った古王国の回復ポーションです。たぶん上級だと思います」

そう言って、見せるために瓶詰をしたポーションを差し出す。相変わらずキラキラしている。

「あとこれも、薬玉っていうんだけど……」

「おいおい、なんだそれ」

ポケットから薬玉を出すと、ギュスターヴさんは目を丸くした。

中身は同じポーションだと伝えると、さらに困惑した表情を浮かべた。

やっぱり元高位冒険者のギュスターヴさんでも、薬玉のことは知らないみたいだ。

僕も今世では見たことも聞いたこともない。本には残ってたりするのかな……？

「ちょっと待て、ひとまず見せてみろ。ああ、このポーション味見していいか？」

「はい」

ギュスターヴさんは机の上に並べた二つを順に手に取る。

僕は険しい顔でポーションの味見をしているギュスターヴさんを窺いつつ、内心では違うことを考えていた。

まだ話していない、新エリア――塔と工房のことだ。

製薬スライムだった前世を思い出したけど、まだ全て思い出したかは分からないし、塔のある新エリアも全部調査したわけじゃない。

――新エリアを発見した冒険者は、ある程度の調査をしてから報告することも多い。だからこれは悪いことではないはずだ。

僕はあの場所を、もう少しでいいから調べたい。前世のことをもっと知りたいんだ。

製薬スライムだった僕は、なんのためにあそこで薬を作っていたのか。なぜ古王国ではあんなに大量の薬を必要としていたのか。どうしてかそれが気になっている。

まだ思い出していない記憶の中に、その答えがあるんじゃないかって思うんだけど……

記憶の鍵はあの塔と工房だ。あそこに、きっと手掛かりが眠ってる。残されていた研究ノートを全部読んだら、何か分かるかもしれない。

あと、正直言うと他にもまだ古王国のレシピがあるなら見てみたいし、あの永久薬草壁も気になる。だからもうちょっとだけ。

自分なりに探索して気持ちに区切りを付けて、自前でまともな調合器具を用意できたら、そしたら全部話そうと思う。

「――なんというか、とんでもねぇな」

そんな呟きが聞こえ、僕はハッと顔を上げた。

ギュスターヴさんは大きく息を吐いて、椅子に深く腰かけると黙ってしまった。

どうしよう。信じてもらえなかったかな？　嘘吐きだと思われた？　呆れられちゃったかな？

不安と緊張で僕の心臓がドキン、ドキンと大きく鳴っている。

「うん。分かった。こんなものを出されたら信じるしかねぇし、何よりお前が嘘を吐くはずない……ったく、なんて顔してるんだ？」

「だってギュスターヴさん、眉間に皺《しわ》を寄せて黙っちゃったから……！」

「お前だって、似たような顔で黙ってたぞ？」

ギュスターヴさんは僕のおでこを指で小突き、笑って言う。

「まあ、だがなロイ。何度も言うようだが、こんなポーションを作れることも、古王国のレシピを持ってることも、薬玉のことも、他の奴には話さないほうがいい。ったく、本当になんだこの薬玉って」

「ポーション以外も、液体なら薬玉を作れるよ」

僕は薬玉について簡単に説明する。

ギュスターヴさんは「スープとか、この形で迷宮探索に持っていけたら便利そうだな。軽いし」と面白いことを言っていた。今度試してみようかな？

「まさかこんな秘密も持ってたとはなあ」

「ご、ごめんなさい……」

秘密はまだあるんです。と心の中で付け足す。

「謝ることはねぇが予想以上だったよ。だってお前、前世がスライムって……」

ギュスターヴさんは僕の顔やら頭にぽんぽん触れ、フッと笑う。

こういう時のギュスターヴさんは優しい顔をして、大体「大きくなったなぁ」って言うんだけど、今は何を思っているんだろう？

「えへ……ギュスターヴさんでもびっくりしました？　僕もびっくりしたんだけど、でも、だから僕ってスライムに好かれやすかったのかなって」

「ハハ！　そうかもな。製薬スライムなんて聞いたことはないが、上位種《じょういしゅ》っぽいしなあ。ロイ、その製薬スライムについても秘密にしておけよ。研究熱心な錬金術師に知られでもしたら、お前、危ないぞ？」

「あはは！　錬金術師なんか滅多にいないし、僕なんかが会えるわけないよ」

「だといいんだが……アイツは鼻が利くからなぁ」

ギュスターヴさんは心配性だなと思いつつ、僕はポーション瓶と薬玉をポケットにしまう。

「あ、そうだ。そいつの名前はどうするんだ？　ロイ」

そいつ、と視線を向けられたまだ名無しのスライムは、『ポヨン？』と、首を傾げるように薄紫色の体を傾けた。

◆　◆　◆

「プラム！　ちょっと待って、従魔の印《しるし》！」

僕は『ポヨン！　ポヨン！』と上機嫌で階段を飛び跳ね下りていく、薄紫色のスライム――プラムを追いかける。

「プラムってば！」

『ポヨ？』

「はい。これ、持っててね？」

手渡したのは、冒険者ギルドの紋章《もんしょう》が入った小さな青銅のプレート。従魔の印だ。

プラムはプレートを受け取ると、さっそく『にゅっ』と体の中に取り込み、『ポヨ？』と小首を傾げ、僕を見上げた。

「うん！　外からちゃんと見えるし大丈夫だね」

このプレートは、首輪や足環《あしわ》にして従魔に付ける決まりになっている。安全な従魔であると周囲に知らせ、間違って討伐されてしまう事故を防ぐ目的だ。

プラムはスライムなので、体の中に取り込んでもらうことにした。

『プルルン！　プルルル！』

だけど、なんだかプラムがやけにプルプル震えている。

体に異物を入れたままにしているのが気持ち悪いのかな？

「プラム、これは溶かさないようにね」

『プルン！』

【分解】は捕食にも使われるスキルで、体内に取り込んだもの――スライムは雑食なのでなんでも食べてしまうんだけど、おおよそ食べ物とは思えないものも【分解】で溶かして吸収してしまう。

だからその気になれば、従魔の印も【分解】で食べることができちゃうんだけど……

『プル、プルルン！』

不安になってしばらく観察してみるけど、どうやら心配はなさそうだ。

僕の《以心伝心》が感じ取ったプラムの気持ちは、嬉しくて楽しい、ご機嫌そのものだった。

どうやら体を動かすたびにキラキラ光るプレートを気に入ったみたい。

プラムはスキップするように跳ねながら、僕とお揃いの、青銅色のプレートを煌《きら》めかせ、階段を下りていった。

「あ、ロイくん！　登録済んだんだね～！」

「はい！　エリサさん見て！　ほら、ピカピカの僕の腕輪！」

隣のプラムもにゅっと体を伸ばして従魔の印を見せている。

「あはは！　初心者のピカピカ青銅腕輪で喜ぶなんて、ロイくんたちくらい――」

「素敵！　ピカピカ輝いてる私の腕輪!!」

隣の受付からそんな声が聞こえてきた。長い金髪をポニーテールにした女の子が、僕と同じ青銅の腕輪に目を輝かせている。

「わあ。いたわ」

「いますよ。だって、やっと正式登録できたんだから！　それでね、エリサさん。さっそく迷宮城に行きたいんですけど……」

自分用の採取に行くついでに、何かお小遣い稼ぎになる依頼はないか相談だ。

「待った。その前に、昨日の苔の乙女の台座だけど、依頼達成の処理しておいたよ～！　さっそく入金処理もできるけど、する？」

エリサさんがニヤリと笑い、トントンと腕を叩く。

「します！」

やった！　憧れの腕輪への入金だ！

ギルドからもらう報酬は、現金でもいいし、大きな金額になることもあるので、この冒険者の腕輪を介して入金することもできる。各種ギルドでできることだ。

昨日の依頼程度なら、本当は腕輪に入金しなくてもいいんだけど、今日は記念入金だ！

僕はドキドキしながらエリサさんに腕輪を差し出し、錬金術が用いられた魔道具に腕輪をかざす。

腕輪の内側に仕込まれた魔石がキラリと光る。これで入金完了だ。

「やったぁ……ふふ！」

「ロイくんは知ってると思うけど、お金はここで引き出せるからね。それから、もし冒険者の資格を喪失した時には、全額没収になることもあるから注意するように」

「はい」

冒険者資格の喪失は滅多なことでは起こらない。冒険者の腕輪は身分証にもなってるからね。

資格喪失となる条件はいくつかあるけど、基本的に罪を犯さなければ大丈夫だ。

「で、これが納品された苔の乙女の台座の小納品箱になります……って、ロイくんが持ってきたものだけどね～、あはは」

「そうですね、ふふっ」

僕は小納品箱を受け取り、まだぺったんこの採取袋に入れた。

迷宮に出掛ける前に、一旦店に苔の乙女の台座を届けなくっちゃ。

面倒だけど、依頼主である店の受領印をもらわないといけない。

本来なら、ギルドに依頼を出して、期日までに依頼主が受け取りにくる。僕はいつも店のお使いで、押印した受領証を持って品物を受け取りにきていた。

「では。えーっと、お小遣い稼ぎになる依頼だったよね？　そうだな～……」

パラパラと依頼帳をめくるエリサさんを待つ。

すると、また隣から女の子の声が飛び込んできた。

「私、今すぐ迷宮城に行きたいの！　この『大玻璃立羽《おおはりたては》の虹羽《にじばね》』があるのは何階層？」

「迷宮城に行くのは構わないけど、あなた青銅級よね？　それも新人さんでしょう？」

「ええ。今日登録したばかりよ！」

誇《ほこ》らしげな声で胸を張る彼女に、僕も、いつの間にか顔を上げていたエリサさんも目を見張った。

彼女が口にした大玻璃立羽の虹羽は、迷宮城の十五階層で採取できる珍しい素材だ。

時期と運さえよければ、落ちている羽根を採るだけだから採取自体は簡単。

だけど、そこに行くまでが簡単じゃない。

少なくとも、今日が初仕事の青銅級に任せられる仕事じゃないし、受注もできないはずだ。

そんな無謀なことを言う女の子はどんな子だろう？

そう思い横顔をチラリと見てみたら、金髪の隙間から少し長くて尖った耳が覗いていた。

わ、エルフ。ハーフエルフかな？　ハーフエルフの女の子なんて初めて見た……！

うーん、背は僕よりちょっと高いけど、歳は同じくらいかな？

エルフといえば魔力が高いとか、弓が上手いって聞くけど……あ、腰に細剣を下げてる。もしかして剣士とか⁉　ちょっと意外だ。

エルフの国は大体が奥深い森の中にある。長命種だからこその価値観や伝統を持ち、短命種である人の国にはあまり関わらないと聞いている。

人種のるつぼであるラブリュスでも、ハーフエルフはかなり珍しい。

「登録したての青銅級冒険者に、この依頼をお任せすることはできません」

「えっ、そうなの？　じゃあ、依頼は受けてなくても、この大玻璃立羽の虹羽を採取してきたら買い取ってくれる？　珍しい素材なのでしょう？」

「買い取りはできるけど、そうじゃないのよ。あなた勘違いしてる。いい？　青銅級では力不足だから受注できないの。あなたの経験値とスキルじゃ十五階層には到達できない」

「でも、私の【魔法剣《まほうけん》】は騎士とだってやり合える。十五階層くらいの魔物なら大丈夫よ」

この子って、もしかしたらかなり箱入りのお嬢様なのかな。

上等そうな服にマント、立派な細剣。手荷物は腰に付けた小さなポーチだけ。もしかしたら、一人で街歩きをするのも初めてだったりして。

「ええっと……あなた、お供の方は一緒じゃないの？」

彼女の受付をしている職員さんも、僕と同じように思ったのだろう。

少し困った顔で尋ねると、ハーフエルフの彼女は俯き、小さな声で答えた。

「一人よ。お供なんていない。私、珍しい素材の採取をしたいの」

「採取をしてみたいだけなら、神殿《しんでん》の薬草園《やくそうえん》で採取体験をお願いしてみるとか……」

「いいえ、それじゃ意味がないの。私、自分の力で迷宮に行って、評価されるような依頼を達成したいの。お願い、その依頼を受注させて！」

「そう言われても……」

『評価されるような』って、どういうこと？　早く冒険者級位を上げたいのかな。

「あら〜。お隣さんはやる気に溢れてるね。さて、ロイくんもお仕事を選ぼっか」

「あっ、うん」

「私のおすすめはね〜……」

それにしても隣が気になって仕方がない。

迷宮に行きたいと言うわりに、彼女は迷宮のことも冒険者のこともよく知らないみたいだ。

身なりはいいし目を引くし、無理に迷宮へ行こうとして変な輩に狙われなきゃいいけど……

僕はどうにも心配で、隣の彼女を横目で窺ってしまう。

「そうだ、神殿！　孤児院へ寄付するのはどう？　どのくらい寄付したら評判になりますか？」

「どのくらいって、よっぽど大きな金額でなきゃ話の端にも上らないでしょうね。でもね、いくら寄付したって、冒険者としての評価にはならないのよ？」

「ええ。冒険者としてでなくてもいいの。私はこの街で名を上げたい。そのためなら、私が自由にできるものを全て寄付しても構わないわ」

――名を上げる？　こんなお嬢様っぽい子がどうしてそんなことを？

隣の受付の職員さんと女の子の会話を聞いて、疑問が浮かぶ。

「……ロイくん、聞いてる？　早く決めないといいお仕事どんどん取られちゃうよ？」

「エリサさん、ちょっと待ってて。ねえ！」

僕は隣のカウンターに向かって声を掛けた。

「ねえ、君。孤児院に寄付をするの？　全てを寄付してもって、本当に本気？」

孤児院は僕の実家のような場所だ。

彼女が本当にやる気なら、お金をただ寄付するよりもやってほしいことがある。

「本気よ。迷宮に行くのがだめでも、寄付なら私にもできるもの。でも……寄付もだめだった？」

彼女はこちらを向いて、不安そうな声で言った。

わ。この子、すっごく可愛い。エルフが美しい種族だっていうの、本当なんだ。

パチパチと瞬きするたびに、長い睫毛《まつげ》も、空色の瞳もキラキラしてる。

「え、えっと、だめじゃないけど、ただの施《ほどこ》しはあんまり嬉しくないかな」

「そうなの……？　でも、施しだとか、そういうつもりじゃないの。お金なら必要なところに使ってもらえると思って……」

ああ、そういう視点はあるんだ。

彼女の瞳は不安そうに揺れているし、たまに視線を横に向け、手を組んだり、ギュッと握ったりする。忙しない仕草は、一生懸命に考えているように見える。

うん。この子ならきっと、僕の提案に乗ってくれる気がする。

「お金は助かるよ。でもね、話題性が全然足りないし、それなりに感謝はされても、街に住むみんなの心には届かない」

「あなた、孤児院をよく知っているの？」

「うん。だから、本当に本気で名を上げたいなら、僕の案を採用してみない？」

僕はきょとんとしている彼女に、手を差し出した。

◆◆◆

「それじゃエリサさん、依頼書よろしくお願いします！」

僕はちょうどよさそうな採取依頼を受注して、それからもう一つ、僕からの依頼書を提出すると、一人でギルドを飛び出した。

「プラム、リディアーヌさん、すぐに戻るからギルドでちょっと待ってて！」

手を振るプラムの隣にいるのは、今日一緒に仕事をすることになったハーフエルフの女の子、リディアーヌだ。隣の受付にいたあの子。

本当なら、さっさと依頼に向かいたいんだけど、僕には先に済ませなきゃいけない仕事がある。

店に苔の乙女の台座を持っていって、受領印をもらってこなければならない。

「行って帰るだけならすぐ……！」

僕は全速力で店に向かうと、小納品箱に入った苔の乙女の台座を若旦那さんに手渡した。

若旦那さんはずしりと重い箱に驚き、中を確かめ、チッと舌打ちをした。

いい素材なのはひと目で分かる。素材に文句のつけようはない。

やっぱり僕とエリサさんの予想した通り、「品質と量が足りていない！」と値切るつもりだったのだろう。けど、思惑が外れたので舌打ちをしたんだ。

「チッ。受領印を押したぞ。さっさと持っていけ！」

「はい！」

僕はいい返事をして頭を下げると、また大急ぎでギルドに走っていった。

若旦那さんってば、舌打ちしすぎだよ。まあ、あまりにも高品質な素材だったから、ごねることもできないって分かったんだろうね。

「ふふ！　いい素材が採取できてよかった～！」

そしてエリサさんに受領証を渡すと、僕は待たせていた二人のもとへ。

プラムは体を伸ばしたり、プルプル揺れたりして、何か話しかけているみたいだ。

もちろんリディアーヌさんにプラムの声は聞こえていないだろう。

でもしゃがみ込んでプラムを見つめるその顔は笑顔だ。

よかった。彼女がスライム嫌いかもしれないってことを忘れてたんだけど、あの様子なら嫌いってことは絶対になさそうだ。

「お待たせ！　それじゃ行こうか」

僕たちは三人でギルドを出発した。

街にはちらほらと、迷宮城へ向かう冒険者の姿が見える。

「いよいよ迷宮城ね！　楽しみ」

そう言うリディアーヌさんは、周囲をきょろきょろと見回している。

やっぱり、これは箱入りのお嬢様だなあ。

「リディアーヌさん。まずは装備の確認をしたいんだけど、どんな感じか教えてくれる？」

「その前に、私のことはリディでいいのよ」

「じゃあ、僕のこともロイって呼んで」

「うん、ロイね。私の装備はね……えっと、こんな感じ？」

そう言うと、彼女はその場でクルリと一回転してみせた。

マントがひるがえって、白のスカートがヒラリと揺れた。

厚手のタイツにブーツ、上着を飾る刺繍が見事なことも分かった。

だけど……うん。正直、クルリと回って見せてくれるリディも服装も、とっても可愛いんだけど、

可愛いんだけど……！

でもこれは僕が確認したかった装備とはちょっと違う。

「迷宮を歩くのに、邪魔にならない格好を選んだつもりなんだけど……どう？」

ちょっと恥ずかしそうな顔をしたリディの足下では、プラムがリディの真似をしてポヨポヨ、ポヨン！　と回っている。

「うん。よく分かったよ」

僕はプラムを撫で、リディから目を逸らしてそう言った。

だって、なんて言ったらいいのか分からなかったんだもん！

もしここに、ギュスターヴさんがいたら『お前「可愛いね」くらい言えねぇのか？』って言うと思う。ギュスターヴさんは、サラッと言えちゃうんだよなぁ。僕は恥ずかしくって無理だけど。

でも、『可愛いね！　もうちょっと装備を足したらすごくいいと思う！』とかって言えたら、リディを傷つけずに装備を揃えてもらえるよね。きっと。

「——あ、褒めてくれてるの？　ありがとう」

えっ？　と思って視線を戻すと、プラムが身振り手振りで『かわいい』って伝えたみたいだ。

上手くできない僕の代わりをしてくれるプラム、偉い！　あとすごいし、プラムも可愛いよ！

僕に向かってこっそり『グッ』と親指（？）を立てるプラムに、《以心伝心》でそう言った。

◆
◆
◆

「まずは基本的な装備を揃えよっか。日帰りだけど不測の事態があるかもしれないし、休憩も取るからね。簡単な野営ができる準備はしたほうがいいよ」

「あっ、ええ。そうなのね、ごめんなさい。私ってば何も分かっていなかったみたいで……」

ここはギルドに近い冒険者通り。

リディは行き交う冒険者たちを見回して、自分の装備の勘違いに気付き、頬を赤くした。

「ううん、最初は仕方ないよ。えーっと、リディは道具にこだわりはある？」

「特にない。あ、でも軽いほうが嬉しいかな。大荷物だと剣を振るうのに邪魔になりそうだから。それにしても、たくさんのお店があるのね？」

この辺りには冒険者向けの店が軒を連ねている。僕の基本装備もここで揃えた安いものだ。でもポーチや靴紐なんかは、昨日皆にもらったものに交換した。

う〜ん。まずは最低限のものだけで、できるだけ軽いものを選ぶのがいいか。

僕は評判がよく、自分もお世話になっている雑貨屋さんに入った。

ここには魔道具も置いてあって、迷宮探索に必要なものは一通りなんでも揃う。

「リディ、まずは『初心者セット』を選ぼうか。あ、リディは魔力に余裕はあるほう？」

「ええ、たぶん。この通りエルフの血を引いているから」

リディは耳を『ぴよ』と動かしてみせた。

「ふふっ！　耳、動くんだ。面白いね」

「え？　ロイは動かせないの？」

「あはは、たぶん大体の人は動かせないと思うよ？」

「知らなかった……！」

リディは種族の小さな違いに目を丸くし、また顔を赤くしている。

あ、プラムがリディの真似して、体に耳っぽい突起を出してぴよぽよ動かしてる。うん、上手。

「買うものはこの辺だね。まずは『火打《ひう》ちの魔石《ませき》』、掌サイズの『天灯《ランタン》』、あっ、折り畳み式がある。リディ、ちょっと高くなっても平気？　かさばらなくていいと思うんだ」

「ええ。大丈夫よ。でも天灯って何？　普通の灯りとは違うの？」

「燃料が魔石なのは一緒だけど、これは浮くから両手が空くんだ。便利でしょう？　まあ、魔力を消費するし、値段が高いから誰でも使えるわけじゃないけどね」

それからもリディは、説明を聞いては珍しそうに棚を覗き込み、あれこれ買い物をしていった。

迷宮では必須になる、魔物除けの『白《しろ》の結界石《けっかいせき》』、一人用の手鍋《てなべ》、折り畳みできるカトラリーなど。さすがにナイフや水袋、採取袋や納品箱は持っていたのでちょっとホッとした。

「あとは食料とポーション類かな」

「あ、ポーションは持ってきたの！　あと食料も少しなら……」

リディがポーチから取り出したのは、防水紙で包まれたクッキーと飴玉、あと、僕が滅多にお目にかかれないキャラメルだ。

「わ、美味しそう！」

クッキーはバターたっぷりのすごくいい匂いがするし、飴玉は薔薇《ばら》が描かれた包み紙でくるまれている。これは上顧客さんに手土産として購入したことがある、高級菓子店のだ……！

一口大のキャラメルも金色のキラキラした紙で包まれていて、これもきっと高級品だ。

「どれも美味しいのよ！　どうかな、日帰りならこれで大丈夫？」

「うん。今日のとこは大丈夫」

基本の携帯食は、あとで僕の手持ちを見せてあげよう。

次からはリディが自分で買い物できるよう、僕は「冒険者に必要なものは、この冒険者通りでなんでも揃うからね」と伝え、初心者セットの買い物を終えた。


店から出ると、迷宮城前広場の時計台がちょうど朝九時の鐘を鳴らしていた。

朝食を終え、準備のできた冒険者たちがどんどんと迷宮城に向かって行く時間。

リディの準備もできたし、僕たちもいよいよ出発だ！

「お。ロイもとうとう冒険者か！　女の子と従魔連れとは、やるなぁ」

「たまたま一緒になっただけですってば」

「ハハ！　気を付けて行ってこいよ」

「はい。いってきます！」

迷宮城入り口で衛兵さんに腕輪を見せて『入城登録』を済ませると、僕、リディ、プラムの順で白い階段を下りていった。

「リディ、今日の目的地は二階層の『薬草畑《やくそうばたけ》』だよ」

「二階層？　そんな浅いところで品質のいいものが採取できるの？」

「できるよ。あのね、リディ。迷宮は地上よりも魔素が濃いから、同じ素材でも品質の高いものが採れる。だから目的の素材によっては、二階層でも十分いいものが採れるんだよ」

もちろん魔素に満ちた迷宮の深層部でしか採れない素材もたくさんある。

だけど、例えばポーションの基本素材である日輪草なんかは、地上でも普通に見かけるし、栽培もできる。ただ含まれる魔素の量や質が、地上産と迷宮産では全然違う。

「そうなのね。分かった」

頷くリディにホッとする。買い物の時も思ったけどリディはすごく素直だ。

ギルドで見かけた時は、無茶な我儘を言うお嬢様なのかな？　ってちょっと警戒しちゃったけど、世間知らずなところはあっても、リディは説明すればちゃんと分かってくれる。

ただちょっと純粋すぎて危なっかしいけど。

「ねえ、ロイ。他に迷宮と地上の採取地で違いはある？」

「あるよ。魔素が濃い迷宮の採取地は、地上より何倍も早く素材が復活するんだ。全て取り切らなければ、たくさん採取しても大丈夫！」

ほとんどの植物が翌日には新芽が出て、その次の日にはもう採取ができるくらい生長する。

とはいえ、他の採取者に配慮することは必要だ。根こそぎ採るのはマナー違反で嫌われる。

「分かったわ。たくさん採取しましょ！」

「あと、当然だけど魔物が出るよ。二階層は『一角《ひとつの》ウサギ』とか『大《おお》モグラ』『天跳《あまとび》ネズミ』……スライムもいるね」

『プルルン！』

スライムと聞いたプラムが大きく跳ね、僕の前に飛び出し、なぜか楽しげに階段を下っていく。

「プラムったら、知り合いのスライムでもいるのかしら」

「まさかあ」

僕はアハハ！　と笑ったけど、プラムがいた西の崖のハズレは、元は迷宮城と繋がっていたと言われている場所だ。

「もしかして……ほんとに知り合いがいたりして？」

まさかなぁ。もし知り合いのスライムがいるなら、魔物たちに寄ってこないでね、と伝えてほしい。二階層の魔物だって、油断はできない相手だ。

一角ウサギは、おでこから長い角を生やした大きな兎の魔物だ。

大モグラは小型犬くらいの大きさで、鋭い爪がついた大きな手を持つ魔物。

それから天跳ネズミ。これは薬草が生える場所によくいる魔物で、高く跳び上がり群れで攻撃してくるので厄介だ。

「もし怪我しても、ポーションがあるから大丈夫だとは思うけどね」

◆　◆　◆

「わぁ！　すごい！　薬草の群生地っていうより、お花畑みたい！」

駆け出すリディの後ろを、プラムがポヨン、ポヨンと追いかけていく。

「リディ！　綺麗だけど棘《とげ》がある草もあるから気を付けて！」

「わ、そうなのね！　気を付ける！」

「大丈夫かなあ」

ちょっと不安だけど、ここは見晴らしもいいし今日は天気もいい。

基本的に暗がりを好む魔物たちは、まず出てこないだろう。

この迷宮城には、名前の通り城っぽい階層と、こんな感じに自然溢れる階層とがある。

自然階層には空があり、天気も変わるし夜も来る。

気候や地形、植生もその階によって全然違う。一説によると、迷宮城が別のどこかにある場所を引きずり込んでいるのだという。

真実は謎だし探索は大変だけど、いろいろな素材が採取できる利点もある。

そして、この二階層は草原が広がるエリアだ。

所々に城っぽい名残りもあって、庭園のような雰囲気の場所もある。危険度の低い、新米冒険者定番の採取場所だ。

僕は、はしゃぐ一人と一匹のもとへ行くと、背負っている袋から鋏《はさみ》を取り出した。

「今日は回復系ポーションの基本になる、日輪草と黄金リコリスを採取するよ」

「あ、はい！」

リディもさっそく鋏を持ち、その場にしゃがみ込んだ。

日輪草も黄金リコリスも珍しくない薬草だけど、採取地と採取の仕方によってかなり品質に違いが出る。だから採取の訓練には最適な素材だ。

きっとリディにはピッタリなんじゃ……と思ったけど、ちょっと驚いた。

リディはすぐに日輪草を見つけていた。

「リディ、よく知ってたね。もしかして薬草採取をしたことあった？」

「いいえ。でも、図鑑で勉強はしたの」

「そっか。採取の仕方は分かる？」

「たぶん。植物の基本的な扱い方は知っている……つもり」

「つもり？　えっと、失礼かもしれないけど、リディは土いじりしたことある？　虫は平気？」

その質問に、リディは目をパチパチ瞬いて、それからニコッと笑った。

「平気よ。土いじりも好き。私ね、植物が好きで屋敷でも花を育ててるの！　でも、薬草採取は初めてだから、教えてもらえると……嬉しい。あの、迷惑じゃなければでいいの」

「リディ。迷惑なんかじゃないよ。正しい採取の仕方を教えるから、よく見ててね」

「うん……！　ありがとう」

僕は日輪草を採取してみせる。

これは放っておくと、一つの株からどんどん新芽が出て伸びていく。だから、根っこから抜いてはいけない。この採取場を保つために必要な知識であり、ルールだ。

「こんな感じ。簡単でしょ？　あと、花が咲いてるのより、蕾《つぼみ》のほうが素材として適してるんだ」

「分かった。やってみる」

リディは難なく採取をこなしていく。花を育てているだけあって、植物を傷めない触り方もできていた。そして黙々と作業を続け、あっという間に目標量を採取できた。

これなら次の段階にも問題なく進めそうだ。

「リディ、次は兎花を探してみて？」

「あ、白い兎みたいな花が付いてるやつね！　こんな可愛いお花も何かの素材になるの？」

「うん。特に薬効はないんだけど、この甘い蜜を使うんだ」

ポーションには大体、兎花の蜜が入っている。ほのかな甘みがあり、味もまろやかになるので、薬草の苦みを和《やわ》らげるために使われることが多い。

「日輪草の近くでは、高確率で兎花が採れるんだ。虫食いが多いけど、白い花が付いてたら優先して採ってほしい。それから近くに黄金リコリスもよく生えてるから……えっと、あった。この赤っぽい花が黄金リコリスだよ」

「え？　黄金リコリスなのに赤い花なの？　紛らわしいのね」

リディは首を傾げる。

「うん。でも理由はすぐに分かるよ。黄金リコリスは主に根を使うんだ。だから採取も、根っこを傷つけないよう周りを掘ってから……ゆっくり引き抜く！　見て！　ほら、根っこは黄金色でしょ？」

「わ、本当ね！　私もやってみる」

「あ、これは根っこまで引き抜いちゃうから、しばらく生えてこないんだ。採りすぎちゃだめだよ」

僕のそんな注意にも、リディは素直に頷く。

「あとでメモしておかなきゃ！」なんて言っているので、これはすぐに一人で採取できるようになりそうだ。

『プルン！』

草むらをポヨポヨ歩いていたプラムが、急にニュッ！　と体を伸ばした。

どうしたのかと目を向けたら、僕らを手（？）招きしている。

行ってみると、そこには随分と立派な黄金リコリスが咲いているではないか。

「ありがとう、プラム！　リディ、採取してみなよ」

「うん！」

リディがシャベルを持つと、プラムが傍《かたわ》らでポヨ～ポヨ～と左右に揺れ始めた。

邪魔しないよう静かに、プラムなりに気を使って応援してるみたい。

真剣な顔をして慎重に掘り進めるリディと、横でゆらゆら揺れるプラムの妙な光景に、僕は笑いを堪《こら》えつつ二人を見守った。

「――ふぅ。緊張した」

応援の力もあってか、立派な一株を採取したリディは小さく息を吐き、袖口で汗を拭った。

根に傷はないし、花まで完璧《かんぺき》だ。褒めようとしたところで、僕はブフッと噴き出してしまった。

「えっ、何⁉」

「あはは！　リディ、顔が泥だらけだよ！　洗ったほうがいいね。ちょっと休憩にしよっか」

僕は草原の先にある、白い『ガゼボ』を指さした。

ガゼボは、庭園で見掛ける東屋《あずまや》のこと。二階層の城っぽい名残はこれ。このガゼボは、なぜか魔物除けの白の結界石と同じ素材でできているので、休憩にはぴったりの場所なんだ。

「プラムの手ってひんやりしてるのね。ふふっ」

日陰の中。プラムがリディの顔にペタペタ触れていた。【浄化】で泥を落としているのだ。

まさか顔を洗う代わりにプラムのスキルを使うとは思わなかった。

お嬢様だろうに、笑って受け入れているリディはすごい。

スライム好きの僕でさえやってもらったことないのに、羨ましい！　今度僕もやってもらおう！

「リディ、コップ出して？」

「あ、はい」

リディはさっき買ったばかりの新品、僕は使い古しのコップだ。それぞれにミントと兎花を入れ、水筒の水を注ぐ。きっとリディには初めての飲み方だ。どんな反応するかな？

「どうぞ。飲んでみて？」

「うん、いただきます……わ！」

リディは少し長い耳を、ピン！　と立て、キラキラした目を丸くして、僕を見た。

「ほんのり甘い！　ん、ミントが入ってるからかな？　ぬるくても美味しい」

「よかった！　先輩冒険者に教わったんだ。【状態保存《じょうたいほぞん》】付きの水袋だったら、冷たいものも飲めるんだけどね」

「やっぱり高いのね？」

「うん。でもリディなら買えると思うから、今度少し高級な魔道具屋さんに行ってみるといいよ」

僕はもっとお金を貯めないと手が届かないけど、リディなら問題ないと思う。

「……うん。でも、しばらくはロイが揃えてくれたこの装備でいいかな」

ちょっと考えるように視線を巡らせてから、リディは微笑みそう言う。

そしてポーチから、クッキーの包みを取り出した。

「はい！　ロイもどうぞ」

「わ、いいの？」

「もちろん！　いろいろと教えてもらっているんだもの。私にできるお礼はこれくらいしかないからね」

さっそくいただこうと一枚摘《つ》まむと、リディが突然「ちょっと待って！」と言った。

「待って、ちょっといいこと思い付いたの！」

リディはポーチから出した真新しい火打ちの魔石に火を灯すと、しっとりとしたクッキーの表面を炙《あぶ》りだした。クッキーを炙るなんて、何をしてるんだろう？

「ん……？　わぁ！」

次第に濃厚なバターの香りが立ってきて、少し焦《こ》げた表面からは香ばしい匂いも漂っている。

ゴクリと、僕の喉が鳴った。

「で、次はこれ！」

金色の包みの、これはキャラメルだ！

リディは包み紙を外した琥珀色《こはくいろ》のキャラメルを、炙られ温まったクッキーの上に置いた。

するとどうだろう。クッキーの上に載せられたキャラメルが、じわりと蕩《とろ》けてきた！

「はい、どうぞ！　ロイ、早く早く、落ちちゃう！」

「わっ、う、うん！」

差し出された温かなクッキーの上では、少し溶けたキャラメルが甘い匂いを振りまいている。

「わぁ……！」

思わず見惚《みと》れたその瞬間、キャラメルが傾き、クッキーから落ちそうになって、僕は思わずリディの手首を掴んでぱくり！　とクッキーに食らいついた。

すると掴んだ手首がじわわと熱くなり、リディは目を大きく見開き、僕を見た。

「っ！」

舌先に、丸みのある柔らかな感触がして、僕はしまったと思った。

ずり落ちそうになったキャラメルを追いかけて、リディの指先まで食べてしまったみたいだ。

バクバクと心臓が騒ぎはじめて、目が合ったままリディから視線を逸らせない。

どうしよう。うろたえるのは恥ずかしいし、だけど謝るのも恥ずかしい。

ああもう、気付かなかったフリだ……！

僕は残りのクッキーを齧《かじ》り、サッとリディの手から取った。

「あ、あの……お、美味しい……？」

「うん！」

僕もリディも、ちょっと挙動不審だけど、なんとか誤魔化《ごまか》せた。

リディが何も言わないでくれてよかった。

でも、指まで食べちゃうなんて、意地汚いって思われちゃったかな。

滅多に口にできないキャラメルが落ちちゃったらもったいなくて、つい……！

だけど、まだちょっぴり心臓がドキドキしてる。あと、ちょっとほっぺたが熱い。

僕はうるさい心臓を誤魔化すように、サクサクとクッキーを食べていく。

最後の一口は、ベタベタになった指まで舐めて、じっくり味わった。

迷宮城で食べたキャラメルとろ～りクッキーは、強烈に甘くて美味しかったです……！

◆　◆　◆

休憩のあとも採取の続きだ。

リディもどんどん慣れて、採取袋はあっという間に一杯になった。

「もう十分だね！」

プラムが跳ねる足下には、薬草どっさりの採取袋が五つ。

日輪草と黄金リコリスがそれぞれ二袋、兎花が一袋だ。

採取しながら十本で一束にくくってあるから、納品も簡単だ。

「ふぅ。いつの間にか随分採ったのね……でも、ロイも冒険者になり立てなんでしょう？　どうして素材や採取についてもこんなに詳しいの？」

「あ、言ってなかったっけ。僕は魔法薬師見習いなんだ。それから小さな頃から――」

「待って」

鋭い声。リディが「しっ」と人差し指を立て、僕の言葉を止めた。

場がピンと張りつめる。リディは長い耳で音を拾い、傍らのプラムは小刻みに震え、茂みの向こうを睨《にら》んでいる。

「ロイ、下がって」

リディが細剣をスラリと抜いた。

新人冒険者らしいふわふわ感が一瞬で消え、前方に向かって剣を構える姿は凛々《りり》しい。

すると、草むらがガサッと揺れ、鋭い角が飛び出してきた。一角ウサギだ！

一匹だけみたいだけど、その灰色の体は僕の胸ほどまである大きな個体だ。

だが、リディは全くひるまない。剣を構えたまま、一角ウサギを睨み付け、突進し迫る角を掌でいなし、ヒラリと飛び越えると――

「【雷《いかずち》よ】！」

その声で、振り上げた細剣の切《き》っ先《さき》に小さな雷が宿る。

そして、一角ウサギの心臓を背中から一突き。灰色の体にバチバチッ！　と稲妻《いなずま》が走り、一角ウサギは「ギャン！」と鳴き声を上げ、地面に突っ伏した。

【魔法剣】のスキル……一撃だ、すごい！」

僕はギュスターヴさんからもらったナイフを握り突っ立っているだけだった。

もし僕一人だったら、結界を張ったり痺《しび》れ薬《ぐすり》を使って弱らせたりして、それからやっと決死の戦闘に入るところだった。

「リディ、君ってすご……」

「ロイ！　しゃがんで耳を塞いで！」

「えっ」

リディが金のポニーテールを鞭《むち》のようにしならせ振り向き、再び剣を掲げる。

「【稲妻よ、貫《つらぬ》け】！」

僕の頭上をヒュンッと何かが駆け抜け、次いで『ドォン！　バリバリッ』という音がした。

「えっ……」

隣でしゃがんでいるプラムと顔を見合わせ、そーっと後ろを向くと、一角ウサギが二匹倒れていた。

「えっ……に、二匹も!?　嘘でしょ!?」

それじゃあ僕らは三匹の一角ウサギに囲まれてたのか！

その事実に、僕はゾッとする。

「あら、珍しいの？」

リディは少し焦げた一角ウサギをひょいっと飛び越すと、ニッコリ笑って僕に手を差し出した。

「あっ、うん。ちょっと珍しいと思う。えっと……大丈夫だよ、リディ。ありがとう」

こんな細身の女の子に守ってもらった上に、手まで借りるのはちょっと照れ臭い。僕はプラムの手（？）を引き、よいしょっと立ち上がった。腰が抜けてなくてよかった。

「ね、ロイ！　一角ウサギも素材になるでしょう？　どうすればいいの？」

青空色の目を輝かせ、ワクワクを隠さず言うリディに僕はつい苦笑してしまった。

リディにとってこの戦闘はなんでもないことのようだ。僕なんて、ちょっと怖かったなと思っているのにね！　やっぱり戦闘スキル、それも【魔法剣】ってすごいんだなあ。

リディが一人で迷宮城に潜ろうとしてたのも理解できる強さだ。

「解体が必要なんだけど、リディは解体ってできる？」

「いいえ。でも、必要なら覚える！」

あ、ちょっと顔色が変わった？　戦闘は大丈夫でも、解体は苦手なのかもしれない。

「無理しなくて大丈夫だよ。小型の野生動物とか、魚くらいは捌《さば》けたほうが安心だけど、パーツを大ざっぱに分けてギルドに持っていけば、解体はやってもらえるから」

「そう？　でも必要なことは勉強したいから、ロイが解体するの見たい」

「うん。倒した魔物は、一定時間が過ぎると迷宮が吸収しちゃうから、本当に無理しないで大丈夫なんだよ」

吸収される時間は、階層や魔物の強さによって変わるそうだけど、迷宮の中で死んだものは迷宮に還《かえ》っていく。そしてまた魔物が生まれる。なんだか錬金術らしい仕組みだ。

「えっとね、一角ウサギで素材になるのは、角と毛皮、肝、それと心臓付近にある魔石。肉も売れるけど……焦げちゃったかな？」

僕はナイフを握ると、ポヨ！　ポヨ！　と応援するように両手を掲げるプラムに微笑みを向け、さっそく解体に取り掛かった。

「リディ、大丈夫？」

「ええ、大丈夫よ。私、帰ったらお魚の解体から学ぼうと思う……」


迷宮城をあとにして、冒険者ギルドへの帰り道。

少しぐったり顔のリディは、薬草が詰まった採取袋を二つ担ぎ、プラムは体の上に一袋乗せ、僕は採取袋二つと、一角ウサギの毛皮や角、肝、肉を包んだ防水シートを抱えていた。

荷物を抱えた僕らが冒険者ギルドの扉をくぐると、受付はがら空きだった。

一角ウサギとの遭遇があったから、時刻は予定よりも少し押したお昼過ぎ。

隣の食堂が賑わってる時間だ。ここの日替わりランチは手頃で美味しいって人気なんだよね。

「日替わりランチ残ってるかな」

日替わりランチは銅貨五枚だ。一番安いパンとスープのセットが銅貨一枚と小銅貨三枚で、普通の食事メニューが銅貨七枚くらいから。

冒険者向けでボリュームもあるし、外の食堂よりもちょっと安い。

僕が普段使うのは、銅貨と小銅貨だけど、お金は、銅貨、白銅貨、銀貨、金貨、白金貨、と金額が上がっていく。小銅貨は銅貨の十分の一の価値だ。

普段の生活で目にするのはせいぜい銀貨までだ。

「日替わりランチ？　どんなお料理が出るの？　美味しい？」

「う～ん……リディの口に合うかは分からないけど、僕にとってはご馳走かな！　ここは新鮮な素材を使ってて、量もあるし美味しいんだ」

「食べてみたいな！　お腹空《す》いたし」

「じゃあ、急いで納品と一角ウサギの買い取りをお願いして、食堂に行こ！」

◆◆◆

「はい！　日輪草と兎花が六十本ずつ、黄金リコリスが二十本、確かに！　納品完了ね～」

僕らはエリサさんに青銅の腕輪を差し出し、依頼完了の処理をしてもらう。

「それではこちら、報酬です！」

そう言って差し出されたのは、十六枚の銅貨だ。

やったぁ！　リディと半分に分けても銅貨八枚もある。

「うふふ～。ロイくんはさすがだね～！　素材の品質もいいし採取も丁寧《ていねい》。安心して任せられちゃう。それからリディちゃんも！　採取が上手ね」

その褒め言葉はちゃんと報酬に反映されている。

基本的に素材は、採取の仕方や、持ち帰りの状態の品質によって変わる。

日輪草と兎花は、十本で銅貨一枚になる。黄金リコリスは少し高くて、十本で銅貨二枚が相場。

僕らはどちらの薬草も、最高報酬の査定だ。

「リディ、報酬を受け取って。半分こだよ」

僕は差し出された十六枚の銅貨から八枚を取る。あとはリディのものだ。

「えっ⁉　私、教わって採取しただけよ？　これじゃ、もらいすぎ」

リディが困った顔で遠慮している。

するとエリサさんが「そんなことないよ～」とリディに言った。

「どの薬草も遜色《そんしょく》なかったよ～？　リディちゃんも同額をもらっていいと思う」

そう言い、エリサさんは八枚の銅貨をリディに差し出す。

「あの、じゃあ……頂戴《ちょうだい》します！」

僕とエリサさんは、ふふっと笑い合う。これがリディの初仕事で、初報酬だ。

お嬢様なリディにとっては小さな金額だろうけど、銅貨を手にした顔は僕と同じか、それ以上に嬉しそうだ。

「ふふふ！　それにしても、リディちゃんが無茶してないか心配だったけど、無事に依頼達成できてよかった～」

「はい。エリサさん、ご心配お掛けしました！　無茶しないで済んだのもロイのおかげです」

「えっ！　でも、僕こそ守ってもらっちゃったからお互い様なんですよ、エリサさん」

書類を書いていたエリサさんが顔を上げる。ニンマリ顔だ。

「ふふっ！　ロイくんってば、さっそく女の子を誘ったかと思ったらすっかり仲良くなっちゃって～……ギルド長に言っちゃお。ふふ」

「エリサさん！　も～……」

まったく、ギルドの皆は僕を揶揄《からか》うのが好きすぎてちょっと困ってしまう。可愛がってくれてるのは分かるんだけど、あんまり言われると……ほら、顔が熱い。

すると、頬に冷たいものがペタリと触れた。プラムだ。

《以心伝心》で伝わってきた声は、『まっかだよ』だって。

「そんなことより、一角ウサギの買い取りもお願いします！　リディが仕留めたんですよ」

「え～、これ傷も少ないし血もほとんど付着してなくていいね～！　さすが【魔法剣】。これならちょっと色付けちゃう！　査定《さてい》と買い取り処理しておくから、二人は先に食堂に行ってきたら？

今日の日替わり美味しいよ～！」

エリサさんのすすめに従って、僕たちは買い取り部門に回された素材を目で追いつつ、食堂へ。

席に着き、日替わりランチを注文したところで、リディが「あっ」と小さな声を上げた。

「どうしたの？」

「ね、ねえ？　新鮮な素材って、そういうことなのね」

リディの視線の先を見ると、ちょうど、買い取り部門から厨房《ちゅうぼう》へ肉が運び込まれるところだった。

「うん。ここは魔物素材だけじゃなくて、食用にする肉の買い取りもやってるからね」

「なるほど……」

リディは「あの鶏肉美味しそう……」と、厨房に消えていった森丸鶏《もりまるどり》を目で追い、呟いた。

プラムもつられるように体を伸ばし、厨房に運ばれていく肉を見ている。

あ、あの巨大な肉は魔物肉だ。

そういえば、魔物は魔素を多く含んだ魔物肉を好むんだっけ。

もしかして、プラムも一角ウサギの肉とか……あの大きな魔物肉とか、食べたい……のかな？

僕は楽しそうに厨房を眺めているプラムを見下ろし、ゴクリと唾を呑んだ。

「……ねえプラム？　一角ウサギのお肉……もしかして食べたかった？」

するとプラムはちょっと考えて、プニ？　と首（？）を傾げた。どちらでもなさそうなのが伝わってきて、僕はちょっとホッとした。僕は魔物を狩るの向いてないからね……よかった！

「ところでロイ。納品しなかったこの大量の薬草はどうするの？」

食堂の四人掛けのテーブルには、僕、リディ、プラムが座り、空いた椅子には採取袋を二つ積み上げてある。

「それと、朝『受注書』だけじゃなくて『依頼書』も出していたわよね？　ロイが言ってた案って……何？」

リディの『街で名を上げたい』という願いを叶えるため、僕が提案する話だ。

「うん。僕の案は、『黄金リコリスの下処理依頼』を孤児院に出すことだよ」

「下処理依頼？　それって――」

「おう！　本日の日替わりランチ二つ、おまち！」

ドン、ドン！　と料理が置かれ、僕らの視線はランチに釘付けになった。

木皿の上には熱々のスキレット。香ばしく、こんがり焼かれているのは、小振りではあるけど丸々一羽の森丸鶏だ。

「うわぁ!!　すっごい！」

「わぁ！　美味しそうね！」

今日のランチは『森丸鶏の香草《こうそう》焼《や》きとゴロゴロ野菜の付け合わせ』だ。

オーブンから出したばかりの肉は、まだ脂がパチパチ音を立てている。

顔を近付けて匂いを嗅ぐと、肉にまぶされた香草の爽やかな香りと、ちょっと焦げた皮の香ばしい匂いが恐ろしいくらいに食欲を刺激してくる。

ゴクリ。僕とリディの喉が鳴った。僕らは頷き合い、話はひとまず中断！

「いただきます！」

「いただきます……っ！　ロイ、大変！」

ナイフを肉に刺し入れたリディがバッと僕を見る。

「えっ、何!?」

「お肉がホロホロ……っ！　あっ、いい匂い！」

リディは柔らかな肉と煌めく脂に目を輝かせ、立ち上る湯気《ゆげ》の香りにうっとりしている。

「あはは！　ね？　ご馳走だって言ったでしょ？　ほら、早く食べよう」

「うん！」

リディは小さく切り分け上品に食べているけど、僕はざっくり切って手掴みにする。お肉は熱いうちにガブッといくのが一番美味しいと思うんだ！

「あちっ」

フーフーして指で摘まみ、手羽を引きちぎってかぶり付く。パリパリに焼けた皮がブチッと小気味よい音を立て、口の中には柔らかな肉とたっぷりの脂が溶けていった。

「んん～！　おうぃひぃ！」

臭みなんてない熱々の肉はしっとりで、噛むたびに甘みと旨みが広がっていく。あと、鼻にふんわり抜ける香草の香りも堪らない！　ああー、美味しい！

「どうしよう……マナーなんて投げ捨てていいかな？　私も手でかぶり付きたい……！」

リディはキョロキョロ周囲を見回して、フォークとナイフを置くと、森丸鶏にかぶり付いた。

香草と脂が付いてしまった口元がテラテラと輝いているが、リディは気にせず二口目を食べる。

「ん～！　美味しい……！　かぶり付いたほうが断然美味しい！　あっ、お芋も美味しい。あらっ？　トマトも美味しい……！」

付け合わせのゴロゴロ野菜は皮付きの芋とトマトだ。このトマト、生だとちょっと青臭くて酸っぱいんだけど、火を通すと途端に甘くてジューシーになる。

美味しさのあまり、リディが押さえた頬に、プラムが手（？）を伸ばしている。

頬に触れ、皿を見て、ポヨポヨ左右に揺れている。

「……プラム、もしかして食べてみたいの？」

ポヨン！　プラムが飛び跳ね、頷いた。

そして体をにょーんと伸ばし、大口を開けたような窪みを作った。

僕はフォークに肉と芋、トマトをなんとか刺すと、プラムに「あーん」と食べさせてみた。

するとプラムの薄紫色が、パァ！　っと明るくなって、ポヨ！　ポヨ！　と高く飛び跳ねた。

「えっ!?　どうしたの、プラム！　あっ、もしかしてスライムにはだめなものが入ってた……!?」

前世の記憶ではそんなものなかったはずだけど、水分たっぷりそうなプルプルの体に、塩がだめだったとか、香りの強い香草が苦手だったとか!?

プラムはなおもポムポムと、体を縮めたり膨らませたりを繰り返している。

「もしかして熱かったんじゃない？　ね、プラム。火傷《やけど》しちゃった？　大丈夫？」

リディが覗き込むと、やっと少し落ち着いたプラムは、僕に向かって『ポヨヨ、ポヨ！』と訴えてきた。伝わってくる感じからして、リディの予想通り、肉が熱かったみたいだ。

「ごめん！　プラム、冷たいお水飲む？」

そっか。水や日陰を好むスライムは熱いものが苦手だったのか。

前世では、ずっと薬草を食べていて、熱いものなんて触れたことすらなかったから知らなかった。

「プラム。今度はフーフーしたから熱くないよ。はい、どうぞ！」

『プルン！』

三人で食べたランチは、ちょっと食べ過ぎたけど美味しくてすっごく楽しくて、きっとずっと忘れない、冒険者一日目の食事になった。

◆　◆　◆

ごはんを食べ終えた僕たちは、迷宮城前の広場を通り過ぎ、坂を上っていく。

「ねえ？　それでロイの案ってなんなの？」

食事で中断したあの話だ。

「まずね、さっき完了させた薬草採取の常設依頼は、一日の受注数に限りがあったでしょ？　だから今日みたいにたくさん採取して余りが出たら、下処理をして魔法薬師の工房に売りに行くといいんだ」

ギルドじゃなくても、よく使う基本的な薬草は、工房で買い取りをしてくれる。

もちろん下処理はしなくても売れるけど、きちんとした処理がされていれば高く売れるので、下処理までするのがおすすめだ。

「へぇ。そうなのね。でも……あの、それがロイの案なの……？」

「うん。ちょっと説明が必要なんだけど、その前にリディ自身の目で見て、それから僕の案を採用するか決めてほしいんだ。じゃ、行こうか」

僕はそう言い神殿を指さす。

遠くからでも見える聖堂《せいどう》の尖塔《せんとう》は、『大地《だいち》と慈愛《じあい》の女神《めがみ》』の象徴、麦の穂《ほ》を表しているらしい。

そして、この大地と慈愛の女神はエルフだと言い伝えられている。

『迷宮神《めいきゅうしん》』は僕らに試練と報酬を与えるもの。そこに容赦はない。

だけど妻である大地と慈愛の女神は、迷宮神が与える試練に、そっと慈愛の手を差し伸べてくれる神だ。

「神殿？　え？　あ、薬草を孤児院へ寄付するの？」

「惜《お》しいけど、ちょっと違うかな」

僕はリディとプラムを連れて、聖堂を回り込んだ裏にある、孤児院へ繋がる扉をくぐった。

孤児院の入り口受付には、僕たちの他に数人の姿があった。

商会の使いらしき男の人、品のあるご婦人、それから冒険者だ。

「孤児院って、意外と外の人も来るのね」

「うん。ここは開かれてるからね。リディは孤児院って、寂しくて厳しい場所だと思ってた？」

「……うん。ごめんなさい」

「ううん。知らなければそう思っても仕方ないよ」

寄付と言っていた時からそうじゃないかと思っていたけど、やっぱりリディは孤児院のことをよく知らないみたいだ。

ラブリュスは十分に潤《うるお》っているから、孤児院は全く困窮《こんきゅう》なんてしていない。

街からもらえる予算は十分で、子供たちも大切にされている。その上、寄付もよく集まっている。

熱心な信者じゃなくても、迷宮に行く前にお祈りに来る冒険者は多い。

その代わり、迷宮で大きな稼ぎがあった時には感謝をこめて寄付をする。それが迷宮都市の冒険者の流儀だ。そしてこれは、迷宮都市で暮らす皆も同じ。

ラブリュスの住人は、多かれ少なかれ迷宮の恩恵にあずかっている。だからこの神殿は、街の皆にとって大切で身近な場所になっているんだ。

「ここの孤児は、親が冒険者だった子も多いんだよ」

迷宮で亡くなったり、行方不明になったりして、子供を残していった冒険者も多くいる。

街が豊かなのに孤児が少なくないのはそういう理由だ。

ここは子供をただ保護しているだけでなく、様々な手仕事も請け負っている。受付にならぶ商家の人や上品なご婦人は街では名の知れた人だし、白銅級の腕輪をした冒険者は僕の顔見知りだ。

「こんにちは！　今日は早いんだね」

「おう。予想外に一角ウサギがたくさん獲れたから、肉を渡しにきたのと、毛皮の処理をお願いしにな。ロイ、お前は……ん⁉」

リディを見て口を開け、足下のプラムにギョッとして、顔見知りの彼は僕を壁際に引っ張った。

「お、おい、なんだ、あの可愛い子！　あとスライムも！　あ、なかなか愛嬌《あいきょう》あるな、コイツ」

プラムが内緒話に交じろうと、僕の足下でポヨ〜ン、ポヨ〜ンと背伸びしている。リディは不思議そうな顔でこちらを見ている。

「可愛いでしょ！　このスライムは僕の従魔でプラムっていうんだ」

「ハハ！　たしかに可愛いな……で、あっちの可愛い子は⁉」

少し年上の彼は、僕の頭を飛び越し、リディにチラチラと視線を送る。

「たまたま冒険者登録で一緒になった子なんだ」

「へぇ。それで一緒に行動してるのか。いいなぁ。可愛い同期かぁ～、いいなぁ～。なあ、あの子にちょっと声かけてもいい？」

「え？　別に僕が許可することじゃないけど……あ、順番が来たみたいだよ」

若い修道女さんが受付窓口で番号を読み上げている。彼が持つ木札の番号だ。

「わっ、はいはい！　次、オレです！　じゃあまたな、ロイ。そっちの可愛い子もー！」

ポヨン！　自分のことだと思ったプラムがニュッと手（？）を伸ばし、彼に手を振り見送った。

「……はぁ」

「ロイ、どうしたの、あの人？　何か問題でも？」

リディはきょとんとした顔で上から僕を覗き込む。

――そう。上からなんだよなあ。

並んで歩いてみてやっぱりって思ったけど、リディのほうが僕よりちょっと背が高いんだよね！

「ううん、別に問題はないよ。リディのことを可愛いって言ってただけ」

「えっ」

リディの頬がパッと赤くなった。あ、耳まで赤い。

「えっ、やだ、急に何言ってるの？」

ん？　気分を害したわけじゃなさそうだけど、どうしてこんな反応するんだろう。リディみたいに可愛かったら、『可愛い』なんて言われ慣れてるんじゃ……？

僕は思わず眉をぎゅっと寄せた。

「……ちょっと心配かも」

「えっ？　え、何が？」

「リディ。可愛いって言われたからって、ホイホイ付いていったりしたらだめだからね？」

「やだ、何言ってるの？　ロイ。私、可愛いなんてまず言われないから大丈夫よ」

「えぇ……」

リディって相当な深窓のご令嬢なのかな？　それともハーフエルフだから、周りにいるのは美形のエルフ揃いで皆可愛くて自覚がないとか？

世間知らずな上に無自覚なんて心配すぎる。

「お願いだから変な奴に騙されたりしないでね？　リディ。初対面のよく知らない人と迷宮に行ったりしちゃだめだよ？　危ないからね？」

「え？　ロイとも初対面だったけど……？」

「うん。それはそうなんだけどね！」

だめだ、僕が言っても説得力がなかった……！

しばらく待って僕たちの順番が来た。いつもの部屋に通された僕は、ギルドで作成した依頼書と、採取してきた黄金リコリスを机に載せた。

「それでは院長先生、よろしくお願いします！」

手渡した依頼書の内容は、『黄金リコリスの下処理』だ。

今日は大量だから、子供たちは大喜びするはず！

「ええ。ロイ、よいお仕事をありがとう。リディさんも、これからもよろしくお願いしますね」

「は、はい」

リディはまだよく分かっていないみたいだけど、この依頼は孤児院に――いや、ここにいる子供たちにとって、寄付よりも遥かに嬉しいものだ。

だから院長先生も、『これからも』と、感謝と共に継続を願う言葉を口にする。

「ところで、ロイ。そのスライムは？　あなた【テイム】のスキルでも授かったのですか？」

僕の隣でポヨポヨ揺れているプラムを見つめ、院長先生が言った。

可愛いでしょう？　もっと見てください院長先生！

「はい。そんな感じです。他にもスキルを授かったんですけど、僕やっぱりスライムと縁があったみたいで……えへへ」

名前はプラムです、と紹介したら、プラムはぺこりとお辞儀のような仕草をした。

「あら、可愛い。ふふっ、そうね。あなたはスライムが好きだったし、とても好かれていましたね。

よいお友達ができたようで何よりよ。ですが……奉公先では大丈夫？」

院長先生は、僕がここで暮らしていた頃からの先生だ。孤児院を出てからも、いつもこうして気に掛けてくれている。嬉しいけど、僕はお年を召した先生のほうこそ心配だ。

「バスチアの若旦那さんは当たりが強いのでしょう？　そのスライムの子を見たら、なんて言うか心配だわ」

「あっ……そうですね。どうしよう？」

しまった。それは全然考えていなかった。

「こっそり連れ帰って、あとは部屋にいてもらえば大丈夫……かなあ？」

若旦那さんが僕の部屋に来ることなんかないし、きっと大丈夫だろう。

「それならよいのですが……くれぐれも気を付けるのよ、プラムさん」

『ポヨ！』

プラムは『はい！』と手（？）を挙げて、院長先生に『しんぱいしないで』と言っていた。

◆　◆　◆

「では、院長先生。明日取りに来ますね！」

「ええ、あの程度なら今日中に仕上がるでしょう。待っていますよ」

僕は大きく手を振って、リディは戸惑いがちに小さく手を振り孤児院をあとにした。

そして、孤児院を離れたところでリディは足を止め、真剣な顔で口を開いた。

「ロイ。私、やっぱり寄付のほうがいいと思うの。孤児院の子供を働かせて、どうして『名を上げる』ことに繋がるの？」

「寄付がありがたいのは確かだよ。でもね、この街では貴族でもない限り、幼くてもみんな手伝い仕事をしてる。身を立てるためにみんな、手伝いをしながら学んでるんだ。リディ――これは孤児院の子供自身のためなんだよ」

「子供自身のため……？」

リディはきょとんとした顔だ。僕は大きく頷いて続ける。

「僕が薬草の扱いを覚えたのは、孤児院にいた小さな頃。採取や処理の仕方を学び、習得できたのは孤児院に来る依頼のおかげだったんだ。あとね、仕事で得たお小遣いは、孤児院から独り立ちする時の大事な資金になるんだ」

「独り立ち……」

リディの瞳の色が変わった。

「何も知らない子供より、技術を持っている子供のほうが職を得られやすいでしょ？　僕だって、ここでの下地があったから魔法薬師の工房に入れたんだ。リディ。『名を上げる』って目標があるリディには、『身を立てる』って目標を持つみんなを、応援してもらえたら嬉しいなって思うんだ」

「私が仕事を提供して、子供たちは技術を習得する機会を得る。そして私が支払った手間賃も、将来のために役立つ……ってこと？」

「そう！」

「子供たちのためになるのは分かったけど、これが私のためにもなるの？　これで……私は本当に評価を得られるの？」

リディは不安そうに瞳を揺らす。

そんなリディを見て、僕はやっぱり不思議に思う。一体、リディは何を抱えているんだろう？

お嬢様でお金があって、強力なスキルも持っているリディは、何も困っていないように見える。

でも、不安に思うリディに、これだけはハッキリ言える。

「絶対にリディのためにもなる。あのね――」

僕がこの案をすすめるにはちゃんとした理由がある。

それは、この方法で『名を上げた』前例があるからだ。

僕が孤児院にいた頃、支援になる依頼をたくさんくれたのはギュスターヴさんだった。

依頼をこなし身につけた技術は、その取引先で評判になり、孤児院の信用となった。

そして、その支援をしていたのは誰だ？　と話題になり、『高位冒険者であるギュスターヴが、寄付するのではなく、大量の依頼をして、孤児たちに仕事を作った』という噂が、街にじわじわ広がった。孤児の多くは冒険者の遺児だから、この街では目立つ話題だ。

結果、ギュスターヴさんの信用と評価に繋がって、名を上げることになった。

冒険者を引退したギュスターヴさんがギルド長になったのも、そういう評価の下地があったからだと聞いている。

「みんな支援をしてくれた人を尊敬し、感謝しているよ。勲章をあげられるならあげたいくらい！」

話を聞いていたリディは、頷いたり目を丸くしたりしている。

「この方法は時間がかかるかもしれないけど、リディには合ってると思うんだ。お金なら偉い人たちが十分出しているから、リディが大金を寄付しても、ちょっと目立って終わりだと思う」

話題になるのはせいぜい一週間くらいじゃないかな？

迷宮都市《ここ》は話題に事欠かない。ハーフエルフの女の子っていう珍しさがあるリディでも、一度きりの話題では名を上げるには至らない。

「どうかな？　リディ」

僕は、じっと黙ったままのリディを窺い、言葉を待つ。

「そう、なのね」

「うん。でも『新米冒険者の女の子でハーフエルフ』のリディは目立つから、時間がかかるこの方法でも話題になるのは早いと思うんだ。冒険者級位も早く上げれば、どんどん噂に上るよ！」

「……うん。分かった。私、ロイの案でやってみる！」

リディは大きく頷いた。その顔は明るい。

「誰かの役に立って、喜んでもらえるのも嬉しいもの。いろいろ教えてくれてありがとう、ロイ」

よかった。余計な口出しだったかなって、実は僕もちょっと不安だったからホッとした。

「あの……でも、ロイには一つだけ伝えておきたいの。あのね、貴族の子だって勉強や訓練はしてるの。遊んでばかりの子はいないの……じゃなくって、いないと、思うの！　そう聞いたのよ！」

リディは誤魔化そうと言葉を重ねるけど、お嬢様なのはバレバレだから気にしなくていいのに。

でも……そっか。やっぱりリディは貴族の子なんだなあ。

僕とは全然違う立場の子。でも――

「じゃあ、同じだね」

「えっ……？　同じ？」

「うん。リディも勉強とか訓練とかで忙しいんでしょう？　ごめんね。僕、貴族のことは全然知らなかったから。でも、僕らと同じで毎日大変なんだね」

そう言うと、リディは驚いたように目を見開いて瞳を輝かせ、こぼれんばかりの笑みを浮かべた。

「……うん、そう。同じね！」

ドキンと僕の心臓が鳴る。

ふふ！　と微笑むリディの耳はぴよぴよ小さく揺れていて、先のほうが赤く染まっている。見えないけど、僕の耳もちょっと赤くなっていそう。チリリと熱い。

でも、『同じだね』って言っただけなのに、こんな今日一番の笑顔を見せるだなんて、何がリディをこんな笑顔にさせたんだろう？　僕はそう、ちょっと不思議に思った。

◆
◆
◆

孤児院からギルドへ戻ると、一角ウサギの素材の査定が終わっていた。

買い取りをお願いした一角ウサギの素材はいい値段が付いていて、嬉しい臨時収入だ。

リディの【魔法剣】のおかげで、傷が少なかったのがよかったみたい。

「リディ。一角ウサギは僕が一割、残りはリディでいい？」

僕はカウンターに置かれた銅貨と白銅貨を分けてみせる。

パーティーなら全部ひっくるめて半分にするものだけど、僕たちは一緒に採取に行っただけだから、働き度合いによって分けるのがいいと思う。

「えっ？　待って、私は装備の準備から採取場所、採取方法まで教わってばかりだったし、一角ウサギの解体をしたのもロイよ？　ロイがもっと受け取るべきよ」

「ええ？　でも一角ウサギを倒したのはリディだし、しかも三匹もだよ？　僕一人なら逃げてた」

「それを言うならロイだって、一人で三匹も解体したのよ？　ねえ、お兄さん！　こういう場合、ロイはもっともらっていいと思いませんか？」

リディは買取カウンターの職員に尋ねる。

「まあ、そうだね。うーん、ロイの取り分は三割でどうかな。魔物との戦闘にはやっぱり危険が伴うし、今回の高価買取はお嬢さんのスキルのおかげでもあるしね。どう？」

職員さんはそう言って、僕のほうに銅貨を少し足してニカッと笑う。

「ほら、やっぱり！　ね、お兄さんの言う配分にしよう？」

リディがそう言って僕を見る。

「ロイ。遠慮しすぎだ。お前は正当な対価をもらっていいんだぞ？」

「そうよ。薬草の報酬だって私に半分もくれたんだから」

『ポヨ！』

職員さんとリディだけでなく、プラムにまでそう言われ、僕は戸惑いながらも頷いた。

「うん。じゃあ、この配分で……！」

結局、僕は思っていたよりも多くの報酬を受け取った。

財布は初めて感じる重さで、嬉しさよりも、こんなに持ってて大丈夫かな!?　と緊張してしまう。

ドキドキしながら財布の紐を固く縛っていると、入り口のほうがざわめいた。

「お、アルベール様か？」

「えっ、本当!?」

入り口を振り向くと、深紅のマントを付けた男たちが談笑していた。

「『イグニス』だ……！　格好いいなぁ！」

「ロ、ロイ？　イグニスって……？」

リディはなぜか僕の背中に隠れ、小さな声で尋ねた。

「知らない？　迷宮都市ラブリュスで一番有名で大きなクラン……冒険者の集団だよ」

ラブリュスには多くの冒険者がいて、多くのパーティーがある。

皆それぞれの目標や目的を持って活動しているけど、その中でもクランは大きな規模の集まりだ。

いくつものパーティーが集まった一団と言ってもいい。

迷宮を探索する冒険者だけでなく、魔法薬師や魔道具師、鍛冶師、食料調達や金庫番、大規模なクランには後方支援専門の人たちも在籍している。

「アルベール様がまとめてるイグニスの目印は深紅のマント。炎属性のスキルを持ってる人が多いんだって」

「ねえ、あの、アルベール様って……？」

リディを見ると、僕の肩にしがみ付く彼女の耳が下がっていた。瞳も不安そうに揺れている。

「お嬢さん、まさか知らないのかな？　イグニスは、領主である迷宮伯のご次男が作ったクランで……お！　君たちは運がいいな。今入ってきた方がアルベール様だよ」

「わ、本当に!?　僕、見るの初めて！　ほら、リディも見てみたら？　あの赤い髪の方だって！」

赤い髪に深紅のマント。あの人が、ラブリュス一番の冒険者アルベール・ラブリュストラかぁ！

「すごい。服も騎士様みたいで格好いい……」

「はは！　あの方は騎士でもあるから当然だね。『古の騎士のように迷宮を護り探索する』ってイグニスを結成したのは有名だな」

イグニスというクラン名は、錬金術師と騎士の有名な迷宮物語が由来だという。

『古の騎士のように迷宮を護り探索する』という理念は、物語の騎士の姿から。クラン名は物語に出てくる炎竜の名前だ。

それからイグニスは、冒険者だけでなく、街の皆からも慕われている。

迷宮の奥深くまで潜っているのもだけど、僕が特にすごいなって思うのは、迷宮素材の調査研究をしているところ。様々な素材のデータを公開してくれていて、アルベール様のおかげで開発できた、魔法薬や魔道具も少なくないらしい。

「アルベール様たち、ギルドになんの用だろう……ねえ、リディも見てみたら？　アルベール様のやってることも『名を上げる』参考になると――」

「私はいい。それよりロイ、ここって出入り口は他にもある？」

「え？　食堂のほうにもう一つあるけど……えっ、リディどうしたの？」

パッと肩から手が離れ振り向いたら、リディは僕の後ろで身を屈めていた。

「ロイ、私もう帰らなきゃ。孤児院へ薬草を取りに行くのは明日だったよね？」

「うん、そうだけど……大丈夫？　リディ」

「大丈夫。えっと、それじゃまた明日、ここで会いましょ。お昼頃でいい？」

「うん。僕、店のお昼休みに抜けてくるから慌ただしいと思うけど」

「分かった。今日はありがとう！」

そう言うとリディは深紅の集団を気にしつつ、背を丸めて足早に去っていった。

「どうかしたのか？　あの子」

「うん。帰る時間だったみたい」

「それは残念。アルベール様に会える機会なんて、滅多にないのに」

僕もそう思う！　ちょこちょこギルドに通ってる僕でも、お見掛けするのは今日が初めて。

アルベール様が好きすぎて柱の陰で震えてるお姉さんがいたり、男でも憧れの目で見つめてる人が多い。僕もその中の一人になってると思うけど！

「あれっ？　そういえばプラムは？」

いつも足下にいるのに姿がない。周りを見回してみると、プラムの姿は食堂のほうにあった。

リディを見送っていたみたいで扉から外を覗いている。

プラムはアルベール様より、リディが気になったんだね。僕もあの様子はちょっと気になったけど……初めて遭遇したアルベール様のことも気になってしまう。

そう思い、背伸びで見ていたら、アルベール様と目が合ってしまった。

わ。すごい。深紅の髪に黒曜石《こくようせき》の瞳……って言われてるけど、本当に黒い宝石みたいな瞳だ。

そんなふうに見ていたら、アルベール様がこちらに向かってきた。

「なあ、君」

「はっ、はい！」

ドッドッドッと心臓が激しく鳴っている。どうしよう。僕、何かした？

あっ、もしかして西の崖のハズレの工房が見つかったとか？

いやいや、あそこに僕が関わってるなんて分かるはずがない。

「そのスライムは君の従魔か？」

「……えっ？　あ、はい！　そうです。プラムっていいます」

いつの間にか戻ってきていたプラムが『ポヨン？』と首（？）を傾げる。

するとアルベール様はその場に屈み、僕に目線を合わせた。

「プラムくんは面白い色をしてるな。薄紫色って何を食べてた？　どこに生息していたんだ？」

プラムはたぶん、あの塔に住み着いていた。主な食事は、永久薬草壁の植物だ。

「この子は薬草と、毒草も食べていたのかもしれません」

「毒草？」

「はい。あの、ハズレで会った子なんですけど、この子がいた辺りには薬草と、おそらく毒草もあったので……」

あの時は壁を伝う水に気を取られてたから、塔の壁に毒草が生えていたか、確認はしていない。

でも、あの部屋じゃなく、下の工房にあった永久薬草壁には毒草も生えていた。

塔の壁でも繁殖してても、不思議はない。

「スライムは食べたもので色が変わりますよね。あの、この子がいた近くには良質な薬草も多くありました。プラムは食べた毒を分解しては、薬草で癒し吸収してたとか……スライムにとって、毒草にどんな魅力があるのかは分からないんですけど、この色は毒の影響かなって……思います」

緊張してしどろもどろになる。

スライムにとって、毒草にどんな魅力があるか分からないなんて実は嘘だ。

ううん、嘘じゃないけど、前世のぼくが、毒草のピリッ、シュワワっていう刺激を求めてたまーに食べていた記憶があるだけだ。プラムや現代のスライムたちがどう思っているかは分からない。

「へぇ、ハズレにいたスライムか。面白いな……プラムくん、どんな体質してるんだ？　もしかして新種のスライムだったりして……」

伸ばされた手に怯えるように、プラムはプルルッと震え僕の脚に隠れた。

そうだ。アルベール様の調査対象には自然素材はもちろん、魔物素材も含まれている。

まさか、プラムを珍しい研究対象だと思って？

「あ、あの、でもこの子は――」

「アルベール！　予定がまた押しています。子供とスライムで遊んでいる暇はありませんよ」

声を掛けてきたのは、深紅のマントを付け、眼鏡をかけた男の人だ。

冒険者にしてはちょっと細身だけど……あ、腰に杖を差してる。魔導師さんかな？

「分かってるよ！　ったく、うるさい奴だ。君、今度うちのクランに顔を出してくれないか。プラムくんを少し調べさせてほしい」

「えっ。あの、実験とかは困ります！　プラムに痛い思いはさせたくないんです！」

アルベール様は目を見開き、噴き出した。

「ハハ！　切ったりなんかしないさ。いろいろなものを食べてみてもらえないかと思ったんだ。もしスライムの【分解】【浄化】スキルで毒を無効化できるなら、毒草の新しい使い道が見つかるかもしれないと思ってな。プラムくん、協力してくれたら嬉しい」

プラムはアルベール様をじっと見上げ、ちょっと考えてからプルンと揺れ、小さく頷いた。

「アルベール！」

「わーかった！　今行く」

アルベール様は立ち上がると、残念そうな顔で僕らを見下ろす。

「時間切れだ。それではな。暇ができたら絶対に一度うちに来てくれ。ああ、君の名は……」

「ろ、ロイです。魔法薬師見習いです！」

アルベール様はニッと笑うと、僕とプラムの頭をポンと撫で、鮮やかな深紅のマントを翻《ひるがえ》してギルドをあとにした。

「び……びっくりした……！」

ポヨン、ポヨン！　プラムも頷き、跳ねている。本当にびっくりした！

緊張で足が震えたけど、あんな気さくな方だとは知らなかった。

「ロイ、アルベール様に気に入られたんじゃないか？　よかったなあ」

「う、うん！　でも僕っていうより、気に入られたのはプラムかも……？」

僕は心臓をドキドキさせていて、ギルド内もまだイグニスのもたらした余韻が残っている。

そんな中、バン！　と入り口の扉が大きな音を立て、開けられた。

何事かと皆が入り口を向くと、息を切らした冒険者がギルド内を見回していた。

顔見知りの冒険者だ。何か……誰かを探しているみたい？

そう思っていたら、僕が声を掛ける前に、彼がこちらを見て「あっ！」と大きな声を上げた。

「いたいた！　ロイ！　バスチア魔法薬店に衛兵が乗り込んでいったってよ！」

「えっ！」

どういうこと!?

第三章　小さな窓からの解放

今日は次から次へと一体なんなんだ⁉　店に衛兵ってどういうこと⁉

僕はプラムを連れ、全速力でバスチア魔法薬店へと走る。

今日の僕は休みだけど、奉公先に衛兵が乗り込んだと聞いたらじっとしていられない。

だってあそこには、少ないけど僕の全財産が置いてあるんだから！

『詳しいことは分かんねぇけど、旦那だけじゃなく、薬師全員が捕縛されてたみたいだぜ』

『工房の中身もごっそり押収されてるってよ！』

『ロイ、危ねぇから帰んねーほうがいいぞ？』

店へ走る途中で耳にした内容は、どれも穏やかじゃない。

走って走って、ようやく辿り着いた店の前には、たくさんの野次馬《やじうま》と衛兵さんがいた。

思っていたよりも大事みたいだ。これ、衛兵さん何人来てるの⁉

「ハァッ、ハァッ……あ！」

立ち尽くし肩で息をしていたら、衛兵さんに連れられて、店内から出てきた若旦那さんとバチリと目が合った。

「あっ、おいっ！　アイツ！　アイツのせいだって‼」

後ろ手に縛られた若旦那さんが、背後の衛兵さんに顎で僕を示して、そう言った。

その途端、山のような人垣が左右にざぁっと開き、僕の前に道ができる。

「へっ？」

「アイツがアレの素材を採ってきたんだ！　俺のせいじゃない！　悪いのはあの奉公人、ロイだ！」

「えっ」

野次馬と、そこに居並ぶ衛兵さんたちが一斉に僕を見た。

僕の前に開いた道を、一番偉そうで一番強面《こわもて》の衛兵さんが歩き、近付いてくる。

そして渋い顔で僕を数秒見つめ、低い声で言った。「この少年を拘束しろ」と。

◆　◆　◆

「知りません！　僕、何もやってません！」

衛兵の詰め所に連れて行かれた僕は、鍵の掛かる小部屋で事情聴取を受けていた。

この部屋に入る前、プラムは別室に連れていかれてしまった。取り調べ時には、従魔は主と引き離す決まりになっているらしい。主を守ろうと暴れる子もいるから仕方ない。

木の椅子に座らされ、僕の正面にはあの渋い顔をした強面の衛兵さんが立っている。

その隣には長いピンク色の髪をした白いローブ姿の女性がいて、反対側にはギルド長のギュスターヴさんが、腕を組み僕を見下ろしていた。

「何もしていないのなら、なぜあの男はお前のせいだと言ったのだ？」

僕を尋問《じんもん》しているこの衛兵さんは、ちょっと階級が上の人っぽい。他の衛兵さんとは制服のデザインが少し違っているし、なんといっても顔が怖い。厳《いか》つい。

「分かりません。あの、そもそも何が理由で店があんなことになっていたんでしょうか。僕、今日は休みで店にいなかったので何がなんだか……」

「何が理由……うーん。ねーぇ？　君、これに見覚えなぁい？」

甘い声の問い掛けに僕は顔を上げた。

女の人が手にしているポーション瓶には、バスチア魔法薬店のタグが付いている。

どこにでもある回復ポーションの標準瓶。中身もありふれた薄い緑色だけど……

「あれ？　それ……」

「見覚えがあるのか」

厳つい衛兵さんが眉間に皺を寄せ、低い声を冷たく響かせた。

その迫力に、僕はビクリと肩を揺らしてしまう。

「いいえ！　あの、瓶はよく見る瓶なので知ってますが……えっと、その中身をちょっとよく見たいんです。お姉さん、見せてもらえませんか？」

そうお願いすると、ギュスターヴさんがプッと噴き出した。

「ちょおっと、ギュスターヴ。何を笑ってるのかしらぁ？」

「失礼。錬金術師のお姉さん」

錬金術師！　会うことなんて一生ないと思っていた錬金術師。この人がそうなんだ……！

僕は白いローブをまとったお姉さんを、じっと見上げる。あまりにも驚いたものだから、つい一瞬、今の状況を忘れて見つめてしまった。

「この瓶の中身が見たいのぉ？」

「あっ、はい！」

「……いいわぁ。見せてあげる。手渡すことはできないけど、どぉぞ？　近くでご覧なさいな」

錬金術師さんは、僕の前に屈むと、ポーション瓶を目の前に差し出してくれた。

「すみません、瓶を揺らしてみていただけませんか？」

「はぁい」

ちゃぷちゃぷ、ちゃぷん。小さな硝子瓶の中で揺れる薄緑色の液体に目を凝らす。やっぱりだ。揺らすたび、僅かだが小さく煌めくものがある。キラキラした何かが薄緑色の中を浮遊している。普通の回復ポーションはこんな性質なんて持っていない。

そして僕は、この煌めく液体に――

「見覚えがあります」

そう答えた。

「なんだって!?　ロイ、お前……！」

「待って、ギュスターヴさん！　僕、たしかにこの液体と似てるものに見覚えはあります。でも、僕は店のポーション瓶には詰めてないし、若旦那さんには渡していません！　僕が似たものを見たのは、昨日の午後。店にはいなかった！」

そう。昨日の午後。このポーションは、僕が塔の工房で作った古王国の回復ポーションに似ている。

でも、僕が作ったポーションは、もっと鮮やかな青みがかった翠色だ。

一般的にポーションは、色が濃いほど品質が高い。

古王国の回復ポーションと似たキラキラがあったとしても、このポーションは薄緑色。僕のポーションと比べたら品質はかなり低い。

「ふぅん。似てるものねぇ。ぼく、それをどこで見たのかしらぁ？　持ってたりする？」

「はい。持ってます。キラキラしているとこが似てるんですけど……」

僕の言葉に、錬金術師さんの垂れ目が煌めいて、僕はハッとした。

待って。僕が【製薬】スキルで作ったものを見せてもいいのかな？　ギュスターヴさんが『研究熱心な錬金術師に知られでもしたら、お前、危ないぞ？』と言っていたじゃないか。

研究熱心な錬金術師って、もしかして……

僕はチラリと、綺麗な錬金術師のお姉さんを見た。ギュスターヴさんと知り合いみたいだし、この人が危ない錬金術師さんなんじゃ……？　錬金術師なんてそうそういないし！

「ぼく。その似てるポーション、私に見せてごらんなさい？」

「……はい」

僕はポケットから古王国の回復ポーションを取り出し、差し出した。

朝、ギュスターヴさんに見せたやつだ。そのまま持っていた。

「あらぁ。珍しい瓶ね」

錬金術師さんは意味ありげな視線を向けた。もしかして、知ってるのかな？

この瓶は、塔の工房にあったものだ。だから街で売られている『標準《ひょうじゅん》ポーション瓶《びん》』とは形が違っている。

「それにこれ、鮮やかで綺麗な翠色ねぇ」

左右に振られるたびにキラキラと光り、翠色がさらに明るく煌めく。

「なぁるほど。ぼくのポーションと、あの魔法薬店のポーションは別ものねぇ」

「あの、それじゃあ僕の疑いは晴れ……」

錬金術師さんは立ち上がると、紅色の唇を三日月形にして、僕を見下ろした。

「そおねぇ。あの魔法薬店から押収されたポーションはね、ちょっぴり悪いお薬だったの。でも、ぼくのお薬と似てるだなんて、どうしてかしらぁ？」

「えっ……」

「ぼく。お薬って毒にもなるのよ」

その言葉に、背筋がぞわっとした。まさか、店のポーションを飲んだ人に何かが起こった？

だから若旦那さんは捕縛され、僕は尋問されてるのか。

「私、このキラキラが悪さをしてると思うのよねぇ」

――キラキラしてるのは、古王国ポーションだからだと思ってたけど……そうじゃない？

僕は翠色の古王国の回復ポーションと、店から押収された薄緑のポーションを見比べる。

キラキラしているのは同じだけど、僕が作ったポーションのほうが輝きが強く、量も多い。

共通点は『キラキラ』だ。そして相違点は色だ。僕のポーションのほうが鮮やかで色が濃い。

二つに共通しているところと違うところ……

僕は塔で調合した時のレシピと、その素材を思い出してみる。だけどあそこで使ったものは、ほとんどが永久薬草壁のもの……

「あれ？」

待って。若旦那さんは、『アイツがアレの素材を採ってきたんだ！』って言っていたよね？

「――苔の乙女の台座だ」

僕が西の崖のハズレで採取し、店に届けた。

そして、その残りを僕は古王国ポーションに使った。

「錬金術師さん！　若旦那さんは、このポーションに苔の乙女の台座を使ったのかもしれません」

「それは知ってるわぁ。ただ、あのお馬鹿さん薬師、他の材料もレシピも吐かないのよぉ。ぼく、心当たりなぁい？」

「ええ……」

まだ何かあるのか。僕が採取した苔の乙女の台座におかしなところはなかったっけ？

「あ！　魔素が異常にたっぷりだったんです！　その苔の乙女の台座！」

もしかして、溶け込んでいる魔素が濃すぎるせいで、魔素が結晶化して、こんなふうにキラキラして見えるんじゃない？

「魔素の濃度については確かだ。俺も報告を見た」

ギュスターヴさんがそう付け加える。

「なるほどぉ？　力足らずの薬師にたまたま良素材が渡ってしまったってわけねぇ。まったく、『誰にでも作れる強力古王国ポーション』なんて、あるわけないのに。馬鹿な薬師ねぇ」

え？　何それ？　若旦那さん、そんなの作ろうとしたの⁉

僕はギュスターヴさんを見る。

「バスチアは、『古文書《こもんじょ》レシピ』を手に入れたんだとよ」

「えっ、古文書レシピ⁉」

「うふふ。でもねぇ？　粗悪品だったのよ。その古文書レシピ」

古王国の古文書レシピは迷宮でごく稀に見つかる。でも、粗悪品かあ。

僕が見つけたレシピは粗悪品じゃなかったけど、製薬スライムのためのレシピっぽかったし、普通の人間が作ったら、粗悪品になってたりして……？

「あの、その粗悪品の古文書レシピって、どんなものなんですか？」

「古文書レシピのとんでもない劣化版よ。飲んだ人間に何が起きているのか不明すぎて、治療法も分からないの」

錬金術師さんの口から溜息が漏れる。やっぱり、知らずに飲んでしまった人がいるんだ……

あ。効果が高いだろう古王国ポーションを買うなんて、もしかして、飲んだのって大怪我した冒険者なんじゃや⁉

僕はギュスターヴさんを見上げた。

「冒険者《う》ギルド《ち》に出入りしてる中堅パーティーとだけ言っておく。命に別状はなさそうだが、傷は治ったもののいつまでも目覚めねぇんだ」

「そんな……」

正体不明の薬ほど怖いものはない。どんな対処を取ればいいか分からないからだ。

何か……何か。前世の記憶でもいい。僕が知ってるレシピで何かいいものは――

『コンコン、コン』

扉が叩かれ、僕だけでなく皆が扉に目を向けた。

「どうした」

怖い顔の衛兵さんが扉に向かい、少し開けたまま報告を聞く。

「報告いたします！　不審者がもう一名見つかりました。あの、本件に関わっていそうな怪しい文書を持っていたので連行したのですが……その、どうにも扱いにくく……」

怪しい文書を持った不審者？　もしかして、若旦那さんにレシピを売った人……!?

「歯切れが悪ぃな。隊長さんよ、中に入れたらどうだ？」

ギュスターヴさんが言う。ああ、この顔が怖い衛兵さんは隊長さんだったのか。

「そぉね。その不審者がレシピを持ってたら話が早いわぁ」

隊長さんが「入れ」と入室を許可する。が、入ってきたのは衛兵さん一人だ。

あれ？　不審者を連行してきたんじゃなかったの？

僕とギュスターヴさん、錬金術師のお姉さんが顔を見合わせ首を傾げた。

すると、困り顔をした衛兵さんは、「こちらです」と何かを抱えた腕を差し出した。

青い布に包まれてるみたいだけど……

「くすぅ～……ぷくすぅ～……」

「……え？　寝息？」

「ああ。不審者は、この子供のケットシーらしい」

隊長さんも困惑顔で言った。

「ケットシー……？」

僕は思わず椅子から立ち上がり、衛兵さんの腕の中を覗き込んだ。

そこでは、明るい灰色の虎柄《とらがら》で、青いフード付きベストを着た猫がスヤスヤと眠っていた。

子猫にしては大きいけど、二足歩行で人よりも長命なケットシーなら子供なのだろう。

「わぁあ！　かわいい……！」

「フワッフワだな。ああ、柄が入ってるのは背中側だけか。うん、サバ白だな」

「さばしろ？」

僕は背中から覗き込むギュスターヴさんを見上げた。

「こういう柄の猫をそう呼ぶんだ。背中の縞模様が魚のサバ似で腹や足先は白い。だからサバ白」

「へぇ～」

僕が知ってる猫の柄は、トラとか三毛とかそのくらい。さすが、猫が好きなギュスターヴさんはよく知ってるなぁ。

「ギュスターヴ、あなた相変わらず猫好きねぇ。私、本当に猫獣人じゃなくてよかったわぁ」

「安心しろ、ベアトリス。俺にも好みはある」

「失礼だわぁ」

錬金術師のお姉さんはベアトリスさんっていうんだ。

それにしても、ギュスターヴさんとベアトリスさんのやり取りが気安くてびっくりした。ギュスターヴさんが猫好きなことも知ってたし、二人は古い知り合いっぽいなぁ。

ギルドでは猫好きだってことを隠してるから、よっぽど親しいか、古い付き合いの人しか知らないんだよね。だってギュスターヴさん、猫の耳を見るだけで顔が崩れちゃうから、隠しておいたほうが絶対にいい！　あの顔を見られたら威厳とか格好よさとか吹っ飛んじゃうもん。

「それで？　このケットシーが持っていた怪しい文書は？」

「はい！　隊長、こちらです。その、この子が大量に所持しておりまして……」

こんな可愛らしいケットシーの子が、大量に古文書レシピの粗悪品を売ってたの⁉

◆　◆　◆

解読を終えた古文書を、珊瑚色《さんごいろ》の爪が摘まむ。

「ふぅ。これで最後ねぇ」

小さな溜息が落ちて、ベアトリスさんの膝上で丸まっているサバ白の毛並みを揺らす。

「――んにゃ？　にゃっ⁉　ククルル寝てたにゃ⁉」

「あら、お目覚めかしらぁ」

「んにゃ？　あにゃ〜……ふかふかにゃぁあ。気持ちいいにゃ……もうちょっと寝ちゃおうかにゃ……」

フミフミ、フミフミ。

ケットシーの子が、ベアトリスさんの胸を両手でフミフミし始めた。えっ、いいの⁉

「あらあらぁ」

「おい、ベアトリス。その子猫こっちによこせ。お前は古文書を――」

「古文書⁉　それククルルの宝物にゃ‼」

ケットシーの子がベアトリスさんの膝から跳んだ。

机上の怪しい古文書の山の前で、毛を逆立て威嚇《いかく》を始める。尻尾なんてボワボワの極太だ。

「さっき衛兵に取られたにゃ！　ククルルの大事な『古王国のよく分からにゃい古文書』‼」

ケットシーの子――ククルルくんっていうのかな？

ククルルくんは「フーッ！」と威嚇の声を出し、古文書を守ろうとしている。

「うふふ。心配ないわぁ、子猫ちゃん。この古文書は、私たちが探してるレシピじゃなかったわぁ。ただの日常の書き付けや、取引の証文ね。古王国のいい研究材料にはなりそうよぉ」

その通り。ベアトリスさんの横から覗いてみたけど、レシピが書かれたものは一枚もなかった。

それにしてもククルルくんのネーミングセンス。

『古王国のよく分からにゃい古文書』ってそのままじゃないか。分かりやすくていいけど。

「にゃ？　日常の書き付け？　ニャッ！　そうにゃの⁉　おねーさん、これ読めるにゃか⁉　この『古王国のよく分からにゃい古文書』の内容、ククルルに教えてほしいにゃ！　読んでにゃ！」

ククルルくんはベアトリスさんのお膝にピョーンと飛び乗ると、再び胸に縋《すが》り付《つ》く。

解読のおねだりをするククルルくんの手は、いつの間にかまたフミフミ始めていて、お願いしながらも喉はゴロゴロ、目は半分トロリとしてしまっている。

「あらあらあらぁ」

ベアトリスさんは苦笑しながら、ククルルくんの頭を撫でる。

はしゃいで飛び付いたはずなのに、ククルルくんは一気にくつろいでしまった。

「ねえ、ギュスターヴさん。もしかしてあの子のフミフミって無意識なの……？」

「子猫は恐ろしいな……」

ギュスターヴさんは眉根を寄せて、ククルルくんの手を凝視している。

「えっ」

一瞬、ギュスターヴさんどこ見てるの……？　って思ったけど、違った。あれはククルルくんのフミフミが羨ましい！　っていう顔だ。僕には分かる。

「古文書を読んであげるのは構わないけど、フミフミしすぎねぇ？　子猫ちゃんだから許すけどぉ」

「にゃっ！　ごめんにゃ。もうフミフミしにゃいから、おねーさんに読んでほしいにゃ！」

ククルルくんは期待の眼差しでベアトリスさんを見上げている。

そっか。ククルルくんは古文書を宝物にしてたけど、内容は読めなかったんだ。

誤解されて連行されちゃって、古文書も取り上げられるなんてかわいそう。

でもここにベアトリスさんがいて解読してもらえたことは、ククルルくんには不幸中の幸いだ。

気になるのは古文書レシピの粗悪品だ。見つからないなんておかしい。

「隊長さん。バスチア魔法薬店にレシピは残されてなかったんですか？」

古文書レシピと信じて買ったなら、高価だったはずだ。あのお金大好きな若旦那さんたちが粗末に扱うとは思えない。きっとどこか、大切にしまっているか隠しているに違いない。

「今のところ見つかっていない。押収品の数が多いので、まだ全ては調査しきれていないが……」

「記憶して燃やしたんじゃねぇか？　証拠を残しとく馬鹿はいねぇだろう」

「いいえ、ギュスターヴさん。うちの旦那様と若旦那さんに限ってそれはないです。お金を出して買ったものを燃やすだなんて、あの人たちは絶対にしません」

「見つからないから、あのお馬鹿さんの『アイツのせいだ』でぼくが連れてこられたんだものねぇ？　それにレシピさえ分かれば、私が解毒剤を作れると思うんだけどぉ」

解毒剤か……あのポーション、見た目は僕のポーションと似てたけど、レシピまでは……

「あっ」

そうだ。僕が、この目で『視《み》れば』いいんだ。

「あの、隊長さん！　さっきのポーションもう一度見せてもらえませんか？」

「もう一度見てどうする。君はこのポーションを知らないのだろう？」

「はい。でも、もう一度、『視れば』レシピが分かると思います！」

僕には一級の【製薬】スキルがある。

スキル【製薬】
一級：望む薬を完璧に生成できます
スキル効果：《調合良》《時短》《素材解》《レシピ解》《高品質》

このスキル効果の三つめと四つめ、《素材解》と《レシピ解》を使えばあのポーションのレシピが分かるんじゃない？　まだ使ったことのないスキル効果だけど、そんな気がする。

「おい、ロイ。もしかしてお前……」

ギュスターヴさんは僕の【製薬】スキルも、スキル効果も知っている。このスキルの危険性も教えてくれた。【製薬】がバレないほうがいいのは僕も分かっているけど、使える手があるかもしれないのに苦しんでいる人を見捨てるなんてできない。

「大丈夫です、ギュスターヴさん。僕、魔法薬師になりたいんです」

「ああ、知ってる」

「ここで保身をして、作れるかもしれない解毒剤を作らないのは嫌なんです」

「……はぁ。仕方ねぇなあ。隊長さん、ベアトリス。責任は俺が持つ。だからロイにさっきのポーションを見せてやってくれ」

「ギルド長さん。解毒剤を作るだなんて奉公人にできるはずがないでしょう。それにこの子の嫌疑《けんぎ》は完全に晴れたわけでは……」

隊長さんはそう渋る。まだ僕に疑いが残っているというなら、それも分かる。でも――

僕は縋るようにベアトリスさんを見上げた。錬金術師なら僕の気持ちを汲んでくれるのではないか。そんな期待をこめて見つめる。

「……ぼく。見るだけでいいのぉ？」

「いいえ！　できれば自分の手に取って見たいです！」

どうやったら《素材解》と《レシピ解》ができるのか、まだ分かっていない。

もし、前世の能力を引き継いだものだとしたら、スライムのように体内に『取り込む』ことが必要なのかもしれない。でも、『取り込む』っていっても今は人間だし、触るか味見する程度でなんとかなればいいんだけど。

さすがにひと瓶飲んだら、レシピが分かったとしても解毒剤を作る前に僕まで昏倒《こんとう》してしまう。

「……ん？」

ふと何かが引っ掛った。解毒剤……毒？　いや、ポーションだ。

飲んだ冒険者たちは、昏倒してしまったが傷は治っている。

それなら、工房で見つけた研究ノートに載っていた、あのレシピが使えるんじゃ？

僕はバッと顔を上げ、ベアトリスさんを見つめる。

「いいわ。隊長さん。もしこの子がやらかしたら、私も責任を負うわぁ。この子が手に取って見るだけで何か分かるなら、儲けものじゃなぁい？」

ベアトリスさんは胸元からポーション瓶を出し、僕を見てニコリと微笑む。

「お二人がそこまでおっしゃるなら……どうぞ、彼に手渡してください」

隊長さんから許可が出て、ベアトリスさんの手から僕にポーションが渡された。

「ぼく？　何をして見せてくれるのかしらぁ？　うふふ」

ベアトリスさんは艶々の唇をペロリと舐め、その垂れ目で僕を射貫くように見つめる。

「なんか怖い……？」

「ロイ。お前、ベアトリスに気に入られちまったな。気を付けろよ？」

「えっ」

気を付けろって、どういう意味⁉　どうやって、何をどう気を付ければいいの⁉

突き刺さる視線を感じベアトリスさんを見上げる。そして僕は、ふと違和感を覚えた。

あれ？　ベアトリスさんの瞳の色が変わってる？

こっくりとした蜂蜜色《はちみついろ》だったと思ったけど、今は金色に見える。

金色の瞳は魔人の特徴だ。錬金術師は【錬成】のスキルを持っているか、魔人でなければなれないものだけど……もしかしてベアトリスさんって、魔人？

「どうしたの、ぼくぅ？」

ベアトリスさんの金の瞳に見つめられると、なんだかゾクゾクする。背筋が伸びるというか……

これが古王国の末裔といわれる魔人の迫力なんだろうか。僕は輝く金色を見上げる。

「見るの？　見ないのぉ？」

ううん。今、僕が見なきゃいけないのはこのポーションだ。ベアトリスさんじゃない。

「見ます！」

僕は手にしたポーション瓶を高く掲げ、灯りに透かしてみた。

僕はスキル効果《素材解》と《レシピ解》を意識してじっと見つめる。

「……」

うん。だめだね！　これじゃ発動しないみたいだ。見たって何も感じない。

「よし。仕方ない！」

僕はポーション瓶の栓《せん》を、ポン！　と抜いた。

「待て、君！」

慌てた隊長さんが僕の手を掴んだ。しかし、ギュスターヴさんがその手をそっと退け、ベアトリスさんが僕の肩を抱く。

「責任は俺が取る」

「ぼくの好きにさせてあげましょう？　ねぇ？」

心配そうに見つめる隊長さんと、信じて任せてくれるギュスターヴさんとベアトリスさんに頷いて、僕はポーションを一口、舐めた。

その瞬間。僕の頭の中に、複数の素材が浮かび上がってきた。

――なるほど。これが《素材解》！

「日輪草、雪割《ゆきわり》スミレ、リコリスの根、兎花の蜜、それから苔の乙女の台座……」

僕が作った古王国ポーションの材料と少し違う。僕が使用した素材は、日輪草、天草スミレ、黄金リコリスの根、兎花の蜜、苔の乙女の台座だ。

それじゃあ、もう一段階。次は《レシピ解》！

そう意識して体に魔力を巡らせる。するとポーションの配合率と調合方法が、紙芝居でも見るようにパラパラと脳内に展開していった。

そして、このレシピで出来上がる回復ポーションには【安息《あんそく》】の成分が多すぎると分かった。

「スミレが天草スミレじゃなくて、雪割スミレになってるせい？」

雪割スミレは冬の間、雪の下でじっと春を待つ初春の花だ。冬眠をするこの素材には、【安眠《あんみん》】や【安息】の効果がある。

さらに、このレシピでは、苔の乙女の台座の量が多すぎる。これじゃ、苔の乙女の台座が持つ補助の性質が逆効果になってしまう。

苔の乙女の台座は、素材が持つ効果を高めたり、繋いだりする役目をする。

だが量を誤り、それらを過剰に働かせてしまうと、全ての効果が過大になりすぎてしまう。

「だからポーションの【回復】効果で怪我は治っても、【安息】が効きすぎて目覚めなくなっちゃったんだ」

冒険者たちは、ポーション中毒と似た状態に陥っている。

「ベアトリスさん！　調合器具を持ってませんか？」

「あるわよ。何か分かったのかしらぁ。うふふ！」

ベアトリスさんは腰に付けたポーチから、携帯型の調合器具セットを取り出しニッコリと笑う。

「これだけでいいのぉ？　ぼく？　お姉さん、他にもいろいろ持ってるわよぉ」

「あっ、素材も欲しいです！　僕、ポーション中毒の解毒剤を作ります！」

◆　◆　◆

作る！　と言ったものの、僕は腕組みをし、並ぶ器具や素材とにらめっこをしていた。

う～ん……だめだ。難しい気がする。

レシピは分かるし、どの器具を使ってどういう手順でやればいいのかも分かる。

でも、僕の技量じゃ、古王国レシピのポーション中毒の解毒剤を作れる気がしない。

「普通の手順で作れないかなって思ったけど……」

ふぅ。僕は深呼吸をし、意を決した。【製薬】スキルを使おう。

「【ポーション中毒の解毒剤】」

レシピを意識して、魔力を巡らせそう言った。

すると手元からキラキラと光が広がり、素材を包み込む。

そして、素材がカッと光り――

「できた‼」

目の前には、出来立ての五つの薬玉が並んでいた。

薄水色をした液体には、キラキラが浮き沈みしている。うん、なんか効きそうだ！

「ベアトリスさん！　これ、ポーション中毒の解毒剤です！　ギュスターヴさん、倒れた冒険者の人たちに早く飲ませてください！」

勢いよく後ろを向き薬玉を差し出すと、大人三人が丸い目で僕を見下ろしていた。

「えっ？　あの、解毒剤を早く冒険者の人に……」

僕は固まっている三人を見上げて言う。

「ちょっとぼく！　えっ、じゃないわぁ⁉」

「何をしたんだ⁉　君！」

「なんだそれ、面白すぎるだろ⁉　ロイ！」

「あ、はい。ええっと……」

どうしよう。驚かれると思わなかったわけじゃないけど、でも、今は【製薬】スキルのことなんてどうでもいい！

「あとで説明します！　だから早く解毒剤を持っていってあげてください！」

ハッとした隊長さんが、扉の外で待機していた衛兵さんに『解毒剤ができた！』と声を掛ける。

僕はその間に、ベアトリスさんに借りた小瓶に薬玉を詰めた。

「冒険者《あいつら》たちは冒険者ギルドの治療部屋にいる。ウチの部下に持って行かせよう」

「ああ。しかし、この薬を本当に使うのか……？　ギルド長さん」

チラリと僕を窺う隊長さんの目には、不安の色が滲んでいる。

【製薬】スキルも製薬スライムの存在も知らないんだ。無理もない。

でも、ギュスターヴさんは……？

「もちろん。俺は魔法薬師としてのロイを信じてる」

ギュスターヴさんは僕の肩にポンと手を置いた。これまでは頭をくしゃくしゃに撫でられたり、肩を抱き寄せられたりばかりだったのに。

僕がギュスターヴさんを見上げると、ギュスターヴさんが胸を張れと言うように背中を叩く。

「失礼します！　ギルド長、薬はそちらですか！　すぐに持っていきます！」

駆け付けたギルド職員さんが手を差し出した。だけど解毒剤を手にしている隊長さんは、僕とギュスターヴさんを見比べまだ迷っている。

――お願い、僕を信じて！

「隊長さぁん？」

白いローブの裾をひるがえし、ベアトリスさんが隊長さんの手を握った。そして赤い唇で微笑むと、解毒剤の瓶をギルド職員さんに手渡した。

「錬金術師殿！」

「うふふ。責任は私――この、『白夜《びゃくや》の錬金術師《れんきんじゅつし》』ベアトリスが持つと言ったでしょぉ？　あなた、早く持っていってあげなさい」

えっ。白夜の錬金術師!?

それってラブリュス一番どころか、国一番の錬金術師の二つ名だ……!

僕は信じられない気持ちでその白いローブを見つめた。

錬金術師は、高位になればなるほど、深く濃い『闇夜の色』のローブをまとう。しかし長年最高位に君臨する白夜の錬金術師は、なぜか真っ白のローブを好んでまとっていると聞く

しかも、その人は古王国の末裔である『金眼《きんがん》の魔人《まじん》』だって有名なんだけど……

まさか本人とは思わなかった!!

だって、そんな有名ですごい人が目の前にいるとは思わないでしょ!?

さっき、ベアトリスさんの瞳が金色に見えたのは、やっぱり見間違いじゃなかったんだ……

僕は絶対に会うことなんかないと思っていた、最高の錬金術師がそこにいることに震える。

「ギュ、ギュスターヴさん！　ベアトリスさんって、本当に白夜の錬金術師なんですね!?」

「ああ。悪りぃな。公言しない約束になってたんだ。ただの『白夜派』の錬金術師だと思っただろ？　誰もまさか本人とは思わねぇんだよな」

ギュスターヴさんはそう言って笑う。うん。その通りです。

白夜派というのは、簡単に言うと白夜の錬金術師のファンのことだ。

白夜の錬金術師を尊敬し、慕う錬金術師たちは、白いローブを着ていると聞く。

「あ、あの！　ありがとうございます！　ベアトリスさん」

僕がお願いするだけじゃ、解毒剤を渡してもらえなかっただろう。

隊長さんを、たったあれだけのやり取りで黙らせてしまった。ベアトリスさんはやっぱりすごい人なんだと、僕はドキドキしながら改めて真っ白なローブ姿を見上げる。

「うふふ。二つ名なんて面倒なだけなのよぉ」

ベアトリスさんは微笑む。

「ねえ？　ぼく。薬玉見せてくれないかしらぁ」

「あ、はい！」

余っていた薬玉を差し出すと、ベアトリスさんはそっと摘まみ上げた。

長命な魔人で、有名な錬金術師さんでも薬玉のことは知らないのかなぁ。

でも……ふふっ。ずっと『余裕たっぷりな大人のお姉さん』って感じだったのに、おっかなびっくりな様子がちょっと面白い。

「にゃにゃっ！　おねーさん意外と可愛いにゃね？」

「ねっ。ふふっ」

ここまで僕らを大人しく見ていたククルルくんとコソコソ笑っていたら、ベアトリスさんが僕らの正面に立った。あ、ちょっと顔が赤い。

「子猫ちゃん？　あなたもう抱っこしてあげないわよぉ？　それからぼく？　じっくり聞かせてもらいましょうかぁ？」

ベアトリスさんに上から覗き込まれ、迫られ、僕はじりじり壁際に追いやられた。

待って！　話すけど、ベアトリスさん近すぎる！　いい匂いのお姉さんだし、憧れの錬金術師さんだし、待って、少し時間をください！

「うふふ。お話しできる？　ぼく」

「は、はい。あとで」

でもギュスターヴさんにはあまり話すなって言われてるし、どこまでどう話そう？

ギュスターヴさんに助けを求める視線を送ると、仕方ないなぁという顔で笑った。

「おい、ベアトリス。あんまりロイを揶揄ってやるな。かわいそうに、顔が真っ赤じゃねぇか」

「あらぁ。うふ。あなたも初対面の時こんな感じだったものねぇ？　うふふふ」

「うるせぇよ」

ベアトリスさんは「薬玉のこともよく聞きたいわぁ」と囁《ささや》いて、僕の手に薬玉を乗せた。

……あれ？　そういえば僕、『薬玉』って言ったっけ？

「知ってる……？」

僕はギュスターヴさんと話し始めたベアトリスさんを見つめ、ぽそりと呟いた。

◆　◆　◆

ギュスターヴさんはギルドへ戻っていった。

僕もあとでギルドに行こう。僕のポーション中毒の解毒剤を飲んだその後が気になるし、奉公先がこんなことになっちゃったから、今後のことも相談したい。

とはいえ、僕は未だ衛兵の詰め所に留まっていた。

ベアトリスさんが僕と話がしたいと言ったので、もうしばらく待機だ。

だけど待機場所はさっきの狭い部屋ではなく、なんと隊長さんの執務室！

「こんな立派な部屋……落ち着かないけど」

ソファーはフカフカだし、紅茶はいい香りだし、真っ赤なジャムがキラキラしてるクッキーは美味しそうだし、高そうだし、もう僕、帰りたい……！

「にゃあ？　ロイ、これ食べにゃいの？　食べにゃいならククルルぜんぶ食べちゃうにゃよ？」

向かい側のソファーで寝ていたククルルくんが、突然起き上がりお鼻をヒクヒクさせながら言う。

「僕はベアトリスさんが来るのを待とうかな……」

「そうにゃ？　でもククルルは先にいただくにゃ！」

言うや否や、ククルルくんはソファーから飛び降りて、両手でクッキーを持ち「うみゃい、うみゃい」と言いながら、満面の笑みで食べ始めた。えっ、すごい速さ！

「待ってククルルくん、全部は食べちゃだめだよ！　みんなもすぐ来るんだから……！」

クッキーを抱え込んだククルルくんを止めたその時、僕らの付き添い兼見張り役の衛兵さんが扉を開けた。すると扉の隙間から顔を覗かせた薄紫色が、僕目掛けて飛んできた。

「プラム！」

『ポヨ！　ポヨポヨッ‼』

「あらぁ。随分懐いてるのねぇ」

ベアトリスさんと隊長さんも一緒だ。別室に連れて行かれていたプラムを連れてきてくれたんだ。

『ポヨ？　ポヨヨ？』

プラムは僕に抱き着き、顔にスリスリと擦り寄る。プヨプヨのスライムだから、『スリッ』というより『ポヨッ』になっているけど。

「ふふ！　大丈夫だよ。僕はなんともない」

擦り寄る体全身から、僕を心配してくれていたことが伝わってくる。

まだ出会ったばかりだけど、プラムには不思議な絆を感じている。従魔だから契約の絆はあるんだろうけど、でもそうじゃない。それだけじゃないんだ。

なんだかずっと一緒にいた半身のような、兄弟のような……そんなものを僕は感じている。

「さぁて、ぼく。感動の再会は堪能したわね？　そろそろお話を聞かせてもらおうかしらぁ？」

ヤル気満々のベアトリスさんを見て、僕は膝に乗せたプラムと共に「なんで？」と首を傾げた。

「ふぅん？　【製薬】スキルねぇ。しかも最初から一級？　それにそのスキル効果……《素材解》と《レシピ解》なんて聞いたことないわぁ？」

「私も知らないな。ユニークスキルなのは確実だろう。だが、それにしても奇妙だ」

ベアトリスさんと隊長さんは僕の向かい側に座り、首を傾げたり薬玉をつついたりしながら、僕が説明した【製薬】スキルについて考えているようだ。そしてククルルくんはというと――

「にゃー！　ロイは本当に面白いにゃね！　あんにゃ面白い玉を作れるにゃんて！　ククルル、ロイのお家に行きたいにゃ！」

「え？」

なぜか大はしゃぎしている。

「僕の家……？　えっ？　なんで？」

「にゃっ？　だって古王国レシピの解毒薬を作ったんにゃよね？　ってことは、ロイは『古王国のよく分からにゃい古文書』を持ってるんにゃにゃいの？　ククルルは『古王国のよく分からにゃい古文書』を集めるのが楽しすぎて、郷《さと》を出て旅をしてるんにゃ！」

「あら。子猫ちゃんはケットシーの郷を出てどれくらいなのぉ？」

薬玉を弄《もてあそ》んでいた指を止め、ベアトリスさんが尋ねる。

「そろそろ一年になるかにゃ？　ククルル、これでも十四歳にゃ！」

「あらあら、本当にまだ子猫ちゃんなのねぇ。それなのに一人で偉い子ねぇ」

ベアトリスさんが縞模様《しまもよう》の頭をそっと撫でる。ククルルくんは条件反射なのか、目を細めグルグルと喉を鳴らした。

ていうか、えっ。十四歳って、ククルルくんって僕より年上だったんだ!!

あ、でもケットシーは長命だから、十四歳でもまだまだ子猫なのかな？

「ククルルは『古王国のよく分からにゃい古文書』をたくさん集めて、それでいつか『古王国のよく分からにゃい古文書』を読めるようになりたいのにゃ！　にゃからロイ！　お家に招待して！　ロイの傍で勉強したいにゃ！」

「えっ？　でも僕の家は……」

僕はチラと隊長さんを見た。

僕の部屋がある、バスチア魔法薬店は今どうなっているんだろう。それに僕や他の皆、これからどうなるのだろう？

「ククルル君、それからロイ君。残念ながらロイ君の部屋……バスチア魔法薬店は立ち入り禁止になる」

「にゃっ？　入れにゃいの？　にゃらロイはどうするにゃ？」

僕はやっぱりなぁと思いつつ、足下でポヨポヨしているプラムを抱き上げ溜息を吐いた。

「どうしよっか。プラム？」

部屋に残ってる荷物を取りに入るくらいは許してもらえないかな？

大したものはないけど、せめて隠してあるお金だけは取りに行きたい。

でも昨日はギルドに泊まったから、ハズレで見つけた古王国のノートや誕生日プレゼントでもらったものも手元にある。これって不幸中の幸いかもしれない。

「ぼく。今日はギュスターヴのところへ行けばいいわぁ。だけどギルドへ行く前に、お姉さん、あなたの秘密が知りたいわぁ」

にっこり笑い、ベアトリスさんは僕の隣に座る。

「え、えっと……」

「うふふ。私は白夜の錬金術師よぉ？　その私ができないことをやってのける、ぼくの【製薬】スキルの全てを知りたくて堪らないわ」

にっこりと微笑まれ、僕の心臓が色んな意味でドキドキと速くなった。ベアトリスさんの甘い香りが近くて、なんて答えようかと焦ったその時、『チリリン』という澄んだ音が部屋に響いた。

「失礼。私の『伝書便《ハト》』だ」

隊長さんは執務机へ向かうと、空だったトレイに届いた、魔力をまとった一通の手紙を開く。

伝書便《ハト》とは、手紙を転送する魔道具だ。

伝書鳩《でんしょばと》のようだってことで、皆これを伝書便《ハト》と呼んでいる。

「ロイ君、冒険者ギルドからだ。君の解毒剤が効いたらしい。冒険者は全員快方に向かっていて、もう心配はないそうだぞ」

手紙を読んだ隊長さんが、僕に微笑みかける。

「よ……よかったぁ……！」

安心したらなんだか体の力が抜けてしまった。僕はソファーにもたれ、フカフカの座面に体を深く沈め大きく息を吐く。すると膝の上のプラムが僕を見上げ、心配そうに小さく体を揺らした。

「大丈夫だよ。ちょっとホッとしちゃっただけ。えへへ」

本当によかった。僕が作った解毒剤。大丈夫だとは思っていたけど、それでも薬に絶対はない。

だから実は不安もあったんだ。

もし、僕が作った解毒剤で冒険者たちが死んでしまったら……って。

「ふふ。なんだかちょっと安心したわぁ」

「え？」

隣を見上げると、ベアトリスさんが柔らかく微笑んでいた。これまでの笑みとはちょっと違う。なんていうか、すごく自然な笑顔だ。

……あ、そっか。さっきまでのベアトリスさんは、微笑みの裏で僕を品定めしていたんだ。だから口元は笑っていても、目が笑っていなかった。今は金色の瞳を細め微笑んでいる。

「ぼくが薬師として大事な部分を、ちゃあ〜んと持っていてよかったわぁ」

「薬師として……ですか？」

「ええ。あ〜んな見たことも聞いたこともない【製薬】スキルを手にして、突然すごぉい魔法薬師になってしまったでしょ？　そういう人間はね、大体が思い上がってしまうものなのよねぇ……」

ベアトリスさんは僅かに目を伏せ、一旦言葉を止めて小さく溜息を吐く。

「あなたには、その恐れと不安の気持ちを持ったまま成長してほしいって、お姉さんは思うわぁ」

最高位の錬金術師からそんな言葉をもらった瞬間、僕の中で何かが弾けたような気がした。

恐れも不安も抱えたままでいい。

その言葉は僕の中に降り注ぎ、心の底にあったドロドロとした恐れや不安を、キラキラ輝く大切なものに変えていく。それこそ錬金術みたいに。

「でも僕……いいんでしょうか。自信のない魔法薬師が調合した薬なんて怖くないですか？」

「うふふ。最初から自信満々な人間のほうが恐ろしいわぁ」

自信たっぷりに見えるベアトリスさんも、最初は自信がなかったんだろうか？　皆とも、常識とも違う、白のローブをまとうことが怖かったのだろうか。

僕は、製薬スライムの前世のおかげで【製薬】スキルを手に入れた。

魔法薬師の修業はまだ中途半端なのに、僕の実力じゃないみたいで……実は心の底では怖かった。

「僕の【製薬】スキルは……ズルくないですか？」

「ズルくないでしょう？　与えられたのがどんなスキルでも、それを理解し、上手く使った者をズルいだなんて私は思わないわぁ」

本当に？　僕はズルいことをしていない？

「だって、そうでしょ？　私なんて魔人よぉ？　生まれながらにして錬金術師になる能力を有している。多くの人間が、どんなに望んでも手に入らない素質持ちなの。ズルいかしら？　ふふ」

「ズルくなんかないです。だって、魔人なのはベアトリスさんが選んだわけじゃ――」

ああ、そうか。僕だってそうだ。製薬スライムの前世を選んだわけじゃない。

「ふふ。気にすることないわぁ。それに魔法薬師の修業だってこれからも続けていけばいいわ。薬師も錬金術師も、一生修業中みたいなものだものぉ」

驚いた。ベアトリスさんも《以心伝心》を持ってるのか？　と思ってしまった。

ずっと燻っていたけど、ハッキリ見えなかった不安の正体がやっと分かった。

なんだか心がスッキリしている。恐れも不安もあっていい。そうベアトリスさんに言ってもらって、【製薬】スキルを認めてもらって、僕は小さな自信の欠片を見つけられた気がする。

「ベアトリスさん……ありがとうございます」

「うふふ。こちらこそ。とおっても楽しいスキルを見せてもらったもの。それで……【製薬】スキルについて、ぼくはどれくらい把握しているのかしらぁ？」

「まだあまりよく分かっていません。その……まだ感覚で試してみただけで」

前世についてはまだ話せない。ベアトリスさんになら話してもいいかなって思うけど、何から話せばいいのか……。

「そぉ。それじゃ、私と一緒に【製薬】スキルの検証をしてみなぁい？」

「えっ」

ベアトリスさんは、プラムの上で握りしめていた僕の手をキュッと握った。

「私、しばらくラブリュスに滞在するの。これからもよろしくねぇ、ぼく。それとスライムくんも。うふふ、珍しい色をしてる子よねぇ？　お姉さん、二人にとぉっても興味があるわぁ」

「えっ？」

「【製薬】スキルを探るなら、ぼくは魔法薬師のお勉強をしたほうがいいわねぇ。私が見てあげましょうか？　ふふ、仲良くしましょうね？　ぼく」

あ、この笑顔はさっきまでの笑顔だ。わ、目がまた明るい金色になってる。

目の色って、興奮すると色が変わるっていうよね……？

え、そんなに僕の【製薬】スキルを知りたいの？　あの白夜の錬金術師が？

「【製薬】なんて聞いたことのないスキル……本当に興味深いわ。ぼくがさっきやって見せた【製薬】は、もしかしたら錬金術に近いものかもしれないわぁ」

「…………えっ‼」

思わず大きな声が出た。僕が、僕の【製薬】が、錬金術に……近い⁉

「なんとなくだけど、魔力の流れ方が似てるのよねぇ？　でも同じではないのよ。だからこそ余計に興味深いの」

ベアトリスさんはそう言う。でも、似てるっていうのはあり得ることだ。

だって製薬スライムは錬金術で創られたものだし、そもそも古王国時代に魔法はないし――ん？ってことは、【製薬】は錬金術……の技術？　錬金術師が薬を作る技術を写したスキル……？

「えっ」

プルプル、プラムが震えながら僕を見上げている。どうしたの？　と、首（？）を傾げてるけど、《以心伝心》から伝わる気持ちは、ちょっと笑っているような感じだ。きっとプラムにも、《以心伝心》で僕がめちゃくちゃ嬉しく感じているのが伝わっているのだろう。

錬金術師に憧れて魔法薬師を目指した僕が、絶対になれるはずのなかった、錬金術に近いスキルを持っているかもしれないなんて……嬉しくて胸が震えるに決まってる！

「あらぁ。その様子だと、ぼくは錬金術師に憧れてた子かしらぁ？」

僕は頷く。叶わない憧れを持っていたことがバレてちょっと恥ずかしい。

「それなら好都合だわぁ。私は錬金術しか教えられないから、魔法薬師のお勉強ってどうしようかしら？　って内心思っていたのよぉ。うふふ」

「え？」

「大丈夫よぉ。魔法は、私たち錬金術師が使う魔術と似てるわぁ。うふふ。一緒に【製薬】スキルの検証と、お勉強しましょうねぇ」

なんだかいつの間にか丸め込まれた感じがするけど……でも、自分でもよく分かっていない【製薬】スキルの検証も、魔法薬師の勉強を見てもらえるのも、かなり幸運なことだ。

だってベアトリスさんは、国一番の錬金術師、白夜の錬金術師なんだよ⁉︎

【製薬】を使いこなして、一人前の薬師になるためには最適な協力者だ。

僕はベアトリスさんの手をギュッと握り返し、思い切って言った。

「はい。ぜひお願いします！　でも、あの、お手柔らかにお願いします……？」

『プルプル……プルン！　プル？』

プラムもにゅっと伸ばした手（？）で、ベアトリスさんの指を握り頷いた。

聞こえてきた心の声は、僕と同じ『おてやわらかに……？』だ。

「にゃっ、ズルいにゃ！　ククルルも一緒に仲良くしたいにゃ」

「あら。ズルいことなんか何もないってさっき言ったでしょお？　子猫ちゃん」

「にゃっ。じゃあククルルにも古文字を教えてほしいにゃ！　報酬として、おねーさんの役に立つにゃにかを提供するって約束するから、お願いにゃ！」

ベアトリスさんは「どうしようかしらぁ？」なんて笑っているけど、きっと教えてあげるんだろうなって思った。だって、おねだりするククルルくんの両手を握り、プニプニの肉球の感触に顔が緩んでるもん。ククルルくんからの報酬に問題はなさそうだね。

「さて。盛り上がっているところ失礼するが……」

「隊長さん」

伝書便《ハト》を受け取ったあと、机に向かって何やら書いていた隊長さんが僕の前に立つ。

「君の身柄を解放する。協力に感謝する。ロイ君」

「あ、はい！」

よかった。早くギルドに行って冒険者さんたちの様子を確認したい。そのあとは……

「あの、隊長さん。バスチア魔法薬店の旦那様や若旦那さんたちは、まだ……？」

「彼らはまだ拘束中だ。じっくり、ゆっくり話を聞くことになると思う」

なるほど。まあ……旦那様たちは叩けばホコリが立つどころか、ホコリだらけだろうから、長逗《ながとう》留《りゅう》になりそうだ。

「さっきも言ったが、バスチア魔法薬店はしばらく立入禁止になる。君にはひとまず、封鎖される前に店へ戻ることをすすめる。今なら衛兵立ち会いのもと、まだ部屋に入れるだろう。今頃きっと、魔法薬師ギルドの者も現場に到着しているだろうから支援を頼むといい」

僕は頷く。魔法薬師ギルドには、店で働く全員が強制加入させられている。

加入といっても、僕ら奉公人は名簿の末端の末端に一応載っているだけの扱い。集会に顔を出すことは許されず、旦那様たちからギルドの雑用を仰せつかるだけだった。

魔法薬師をはじめ、ラブリュスには様々な業種ごとのギルドがある。

ギルドは技術の秘匿や継承、商売に関する契約、価格、規格の管理などをする職人組合だ。

冒険者ギルドの『納品箱』や、魔法薬師が使う標準ポーション瓶なども、それぞれのギルドで定められた規格だ。

各ギルドは掛け持ちもできるから、冒険者登録した僕でも魔法薬師ギルドの人に相談できるはずだけど……大丈夫かなあ。ギルドの末端である僕らでも、毎月会費を納めている分の恩恵があってもいいと思うけど……どうにも心配だ。

なんせ旦那様たちに強制的に加入させられたんだもん。面倒な手続きも全て旦那様たちがやった。

自分の利益にならないことはしない人たちなのに……

「僕、急いで店に戻ってみます！」

「そうしなさい。他の奉公人はもう店に戻っているはずだ」

「はい！」

僕は立ち上がり、隊長さんとベアトリスさんに頭を下げる。連行された時は驚いたけど、なかなかできない体験だったし、錬金術師さんにも会えたし、悪い出来事でもなかったかも。

「待つにゃ、ロイ！　プラム！　これあげるにゃよ」

「えっ？」

見上げているククルルくんに合わせ、僕はちょっと膝を屈めた。

すると、サッとポケットに何かを突っ込まれた。

プラムは手（？）に持たされて「隠すにゃ！」って言われてる。

「ん？　ククルルくん、これって」

「しっ！　クッキーにゃ！」

「えっ」

ククルルくんは声をひそめ「にゃにゃ」っと笑う。

待って待って。このクッキーって、もしかしなくても⁉

僕はテーブルに目を向けた。ああ、お皿に盛られていたクッキーがない。

「ククルル、お土産にもらっておいたのにゃ。ロイにもおすそ分け。ロイ、また会おうにゃ！」

「う、うん。また会おうね、ククルルくん……」

そう言うと、ククルルくんは嬉しそうに目を細め、ちっちゃな牙を見せて『にぱー』と笑った。

プラムにもまた会おうにゃ〜！　と言って、抱き寄せて頬をスリスリしている。

僕はそっと隊長さんとベアトリスさんに視線を向けた。

『これ、持ち帰っていいんですか……？』とクッキーの包みを指さし目で尋ねてみる。

すると大人二人は口元を押さえ、笑いを堪えながら頷いた。はぁ、よかった。

「さあロイ君、早く行ったほうがいい」

「はい！　お世話になりました。あと……ごちそうさまでした！」

隊長さんに挨拶をし直して、僕は執務室をあとにした。

「……でも、魔法薬師ギルドねぇ。役に立てばいいけどぉ」

僕の後ろ、扉が閉められる間際に、ベアトリスさんのそんな呟きが聞こえた。

◆　◆　◆

衛兵隊長ロペスは、執務室を出て行く不思議な子供の背中を見送った。

ちゃっかり者のケットシーも、早く行きなさいと見送った、というか追い出した。

あれはいつまでもここに置いておくと、クッキーだけでなく、書類まで持って行きそうだった。

なんと言ってもあの子猫は収集癖がひどい。

古王国の遺産である古文書を手当たり次第に集めていた。そのおかげで事情聴取を受ける羽目になったというのに、全く懲りていない。

ロペスはフゥと息を吐く。

普段あまり接する機会のない子供とのやり取りは、悪人相手よりも気を張っていたようだ。

「あらあらぁ。お疲れになっちゃったかしらぁ？　隊長さん」

クスクスと笑うベアトリスをロペスは振り返る。

（まったく。高名な錬金術師だというが、この女も本当に食えない）

ロペスはそう思う。その甘ったるい話し方に気を取られていると知らず知らずのうちに躱されてしまう。逃げ水を相手にしているような感覚を何度も覚えた。

決して油断できない人物。それがロペスにとってのベアトリスの印象だ。

「錬金術師殿。一つ伺ってもよろしいでしょうか」

突然改まった口調で言うロペスに、ベアトリスはこてりと小首を傾げてみせる。

「なぁに？」

「ロイ君が作った薬ですが……なぜ、解毒剤だと信じたのですか？」

不思議だったのだ。ただの奉公人の少年が、おかしな調合方法で作り出した得体の知れない薬。それをなぜ白夜の錬金術師が信じたのか。

錬金術とは、魔法ではない。あれは我々には扱えない魔術。

素材の力を引き出すための理屈があり、手順がある。そして、それを正しく操る魔力があって初めて成り立つ術だ。

「ロイ君のアレはスキルのようでしたが、私には、スキルだとは思えませんでした。スキルどころか、魔法以上の何か……出来上がったあの薬の玉もそうです」

ロペスの言葉に、ベアトリスはうっとりと微笑む。

「ふふっ。ぼくに頼まれて渡した素材を見れば、解毒剤になりそうなのは分かったわぁ……まぁ、私にはそのレシピまでは分からなかったけど」

「そうですか。やはり解毒剤だという確信はあったのですね」

あのような不思議な術であろうとも見透かす。さすが高名な錬金術師だと、ロペスは頷く。

だがベアトリスは、そんなロペスを見つめ「うふふ！」と笑い声を上げた。

「うふふふ！　なかったわぁ」

「えっ」

「あの子を信じたのは勘よぉ。錬金術師の勘！　うふふ！」

「えっ」

「確信なんかあるわけないでしょう？　私だってあんなスキルや調合方法、初めて見たんだものぉ！　魔法以上の何かだと私も思うわぁ。不思議でとっても興味深い……ふふっ」

ロペスは目を見開いた。あっけらかんと、勘と言える図太さ。確信もないままで、もしもあれが毒であったら責任はどう取るつもりだったのか。

（いや。最終的に責任を取るのは、ロイ君に調合を許可し、その機会を与えた自分になるか）

ロペスはそう思い至る。

冒険者ギルド長や錬金術師が責任を取ると言っても、ことが起こったのがこの詰め所であれば、責任はそこの長が負うのが当然だ。だからこそベアトリスは、『不思議でとっても興味深い』と感じた調合の、その結果を見ることにしたのだろう。あれが薬か、毒か、それは関係なかったのだ。

白夜の錬金術師ベアトリスにとって重要だったのは、自身の好奇心を満たすほうだった。

ロペスはそう理解して、ゾッとした。

美しい容姿と甘い声で誤魔化していたのは、質問に対する答えなんかではなかった。本当に誤魔化していたのは、高名な錬金術師である彼女が持つ、利己的で恐ろしい探求欲だったのか、と。

「あら、やぁだ。そんなに驚くことじゃないでしょ？　ぼくのことは信用できそうって、そう思っただけよぉ。あなたもそう思ったでしょ？　うふふ。」

赤い唇で甘く微笑む錬金術師に、衛兵隊長ロペスは頬を引きつらせた。

ロイやククルルへの態度を見るに、彼女は悪人ではないだろう。いや、長命な魔人のことなど分からない。何もかもが見た目通りではないのだ。

（……ああ。責任を取らずに済んで本当によかった。あの少年が清い心の持ち主で、あの解毒剤が毒でなくて本当によかった……！）

迷宮都市ラブリュスの衛兵隊長ロペスは、そう思った。

◆　◆　◆

僕は石畳の道を全速力で走った。

正直もう、頭の容量がいっぱいで、何がなんだかわけが分からない。

「本当にいろいろ起こりすぎだよ！　あーこれから僕どうなるんだろう？　ねえ、プラム？」

僕は一旦足を止め振り返った。もうすぐお店が見えてくる。あの角を曲がったらすぐだ。

そろそろ、現実に向き合わなくちゃいけない。

『ポヨン！　ポヨポヨ！』

プラムが大きく跳び上がり、『げんきだして』と言うように僕の背中にポヨン！　と優しく乗っかった。ああ、この柔らかくてひんやりする感触、くっついてると安心する。

前世で皆とミチミチにくっついていたからかな。

そんなことを思いちょっと俯くと、石畳に伸びる影が長くなっていた。

急がなきゃ。日が沈んだら、魔法薬師ギルドの人もきっと帰ってしまう。

迷宮都市ラブリュスは、再び走り出す僕のことなんかお構いなしに、夕日に包まれその一日を終えようとしていた。


角を曲がりバスチア魔法薬店が見え……ない！　看板は見えるけど、入り口前にはまだ野次馬が集まっていた。

「みんな！」

見知った顔を見つけて、思わず声を掛けると、野次馬の壁が割れて奉公人たちがこちらを向いた。皆とても疲れた顔をしていたけど、僕の姿を見て笑顔を零す。

「ロイ！　よかった。若旦那さんのせいでお前まで尋問を受けてるって聞いて心配してたんだ」

「うん。僕は大丈夫！　それで、魔法薬師ギルドの人ってもう来てるの？」

「いや、まだだけど……っていうか、このスライムなんだ？」

「あ、この子は……」

僕がそう言いかけた時、奉公人仲間から「あっ！」という声が出た。

野次馬を掻き分けこちらへ向かってきている男の人がいる。

落ち着いたモスグリーン色のベストに、茶のジャケットとズボン。胸に付いているだろう魔法薬師ギルドの紋章は見えないけど、あの制服は魔法薬師ギルドの職員さんだ！

僕らは慌てて人垣に割り入って、「お待ちしてました！」と声を揃えてその人を迎えた。

「この工房はひとまず閉鎖となります。店主たちが潔白であった場合は再開となりますが、まあ、難しいでしょうね」

のっぺり顔の無表情でそう言ったのは、魔法薬師ギルドから派遣された職員さんだ。

きっちり整えられていただろう髪がところどころ乱れていて、職員さんの疲れ具合が窺える。

そうなるだろうと分かってはいたけど、僕らは揃って家も職も失ってしまったんだ。

「まったく、バスチア魔法薬店はとんでもないことをしでかしてくれましたよ……はぁ。古文書のレシピで偽魔法薬を作って売り、人を危険に晒した。薬師として絶対にやってはいけない罪だ。信じられない……」

職員さんは荒れた店内を見回し独り言を呟く。

その通りだ。あのポーション一つで一体いくつの罪になるのか……旦那様たちはこの機会に、徹底的に締め上げられるだろうけど、改心してくれるかなあ。

「あの、私たち、魔法薬師ギルドに今後のことを相談したいのですが……」

年長の奉公人が申し出た。職員さんの後ろをぞろぞろついて歩いていたのは、何も部屋を見回るためじゃない。今後の生活について、少しの間でもギルドに支援を頼むためだ。

僕らの少ない給金の中から、毎月ギルドへ会費を納めていたんだもん！　住む場所とか次の職の紹介とか、せめて相談くらいは乗ってほしい。

「相談ですか……失礼ですが、あなた方は魔法薬師ではありませんよね？　正直、できることは何もないのです。一般的なアドバイスくらいしかできませんが、よろしいですか？」

「え？　あの、私たちはギルド会員なのですが……」

「うちは魔法薬師かその弟子でないと会員にはなれませんが……？」

お互いに顔を見合わせ、よくよく話をしてみれば簡単なことだった。

僕たち奉公人は、魔法薬師ギルドに登録されていなかったらしい。集められていた会費は旦那様たちが懐に入れていたんだ。

でも、ギルド職員さんも聞き取りをするうちに、僕らに同情してくれた。バスチア魔法薬店のひどい内情には、実は非難の声が上がっていたそうだ。ギルドも近々調査をする予定だったらしい。

「分かりました。魔法薬師ギルドとして見捨てることはできません。最悪でも、私個人としてあなた方の力になりましょう」

職員さんは僕らにそう言ってくれた。ありがたいけど、このおじさん大丈夫かなあ。疲れた顔に滲むクマが濃くならないことを祈ろう。

「では、私は先に戻って話をしておくので、荷物をまとめてギルド本部へ来てください」

ホッとしたような、疲れたような顔で皆が頷くと、職員さんは迷った顔をして小さな声で言った。

「工房はひとまず閉鎖と言いましたが、バスチア魔法薬店はこのまま閉店になるでしょう。あの親子はもう、この街じゃ商売はできませんよ。まずタダじゃ済まない。少し時間はかかるかもしれないけど、きっと君たちも納得のいく結末になると思います」

それではあとで、と足早に店をあとにする職員さんを見送って、奉公人たち一同は溜息を落とした。お人好しのギルド職員さんのおかげで生活はなんとかなりそうだけど、急展開に次ぐ急展開で皆ぐったりだ。

「「「あの二流薬師と三流薬師がぁ……!!」」」

皆の口から、同じ言葉が出た。打ち合わせもなしにぴったり合ったのは、ずーっと胸に秘めていた言葉だからとしか思えない。僕も同じように思うもん!

今、皆で見上げるのは、僕以外はあまり見慣れていないだろうバスチア魔法薬店の看板だ。

去年、店主の代替わりと共にここへ来た皆は、ほとんど店外に出してもらえなかったから、中庭や裏の通用口のほうが馴染みがある。

そして僕は、看板の上の上、奉公人の部屋である小さな窓を見上げた。

小さくてほとんど陽が入らないし、立て付けが悪くて開かない窓だ。だけどその窓は、僕のいる場所とは全然違う、賑やかな表通りの様子を届ける残酷な窓だった。

「ねえ、みんな。バスチア魔法薬店はなくなっちゃうけど、僕たちここから解放されてよかったのかもしれないよ」

そんなことを言った僕に、皆の視線が集まった。住む場所も仕事もなくなったのに何を言っているんだ? という顔だ。

「ロイ。お前……なんかよさそうな短剣を持ってるし、スライムも連れてるし、その腕輪も……お前は冒険者として稼げるあてがあるのかもしれないけどよ? 俺たちはこの街に縁なんて何もないし、スキルだってな、冒険者稼業なんてできるようなもんじゃねぇ。何もよくはねえよ」

黙ったままの皆も、その目は同じようなことを伝えてきている。何が『よかった』だ! と思っているのが分かる。

「でも、ずっとここにいたら、もっと搾取《さくしゅ》されてたんだよ。本当にここに縛り付けられる前でよかったと思うんだ、僕！」

見上げて言って、僕はまだ真新しい青銅級の腕輪を撫でる。

「僕だって、別に冒険者向きのスキルじゃないし、稼げるかはちょっと分からないけど……あ、この子はプラムっていうんだ。僕の友達だよ」

「は……？」

「スライムが、友達……？」

皆はちょっと怪訝そうな目で僕とプラムを見比べた。

プラムは先程からの不穏な空気にすっかり委縮してしまって、僕の脚にくっつき、プルプル、プルプルと震えている。

「今回は……外に出られてよかったって本当に思ったんだ。僕」

閉ざされた小窓を見上げ、思わず漏れた小さな小さな呟きだった。

僕たちの部屋の小さな窓が、あの塔で見上げ続けた鉄格子の窓と重なって見えたんだ。

そしてその呟きは、一番近くにいた倉庫係の兄さんの耳には届いていたようで、彼は不思議そうな顔で僕を見下ろしてから、フッと笑った。

「まあ、考えようによっちゃあロイの言う通りか。無駄にした金と時間は一年分だけ。ああもう、痛い目見たけどいい勉強になったよ！」

「そうね。はぁ。縁もゆかりも技術もない新参者を歓迎してくれる店なんて、何かあるって証拠よねえ！」

口々に「馬鹿を見た」「やられたわ」とひとしきり吐き捨てて、それからアハハ！　と笑った。

「ま、あのギルド職員みたいな人間もいるしな！」

「同情してくれたもんね。あれは商人向きじゃないわ。魔法薬師上がりなのかな？」

「よし。こうなったらさっさと荷物をまとめて、魔法薬師ギルドに行こうぜ」

互いに励まし合う顔は、先程までとは打って変わって明るい。

やってやる。やり直してみせる！　皆の目がそう言っていた。

「うん！　僕も……頑張るよ！」

このバスチア魔法薬店は、まるであの塔のようだった。

旦那様が王様で、若旦那さんは無慈悲な管理人かな。どちらの王国も、僕にとっていい王様じゃなかった。それなら今度は、誰かに仕えるんじゃなくって――

僕は、僕の信念に仕えよう。

誰かの言いなりになるのはもうお終いだ。僕は好きな時に外へ行きたいし、ギュスターヴさんやエリサさんのように、僕に目をかけてくれる人に誇れる自分になりたい。

ううん、なろう。だってもう、独り立ちを始めたんだから！

僕はピカピカの腕輪をそっと撫で、伸ばされたプラムの手（？）を握って微笑んだ。

こうして、僕が数年間を過ごしたバスチア魔法薬店は閉鎖となり、仲間たちとも別れることになった。皆は魔法薬師ギルドへ、僕は冒険者ギルドへと向かった。

日は沈んだ空はもう青空じゃないけど、魔石灯《ませきとう》が照らすラブリュスの道は暗くない。それに星が輝き始めた空は澄んでいてとても綺麗だった。

◆　◆　◆

「ああ～！　ロイくん!!　心配したよ～！」

「うわ、エリサさん苦しい……！」

冒険者ギルドに入るなり、お約束のようにギュウッと抱きしめられた。

昨日は恥ずかしかった抱擁《ほうよう》だけど、今日はさすがにその力強さと温もりが嬉しくて、僕もそうっと抱きしめ返してしまう。

それを見ていたプラムも僕のお尻に『プニ』と張り付いてきて……なんか、ちょっと冷たいな？

「あっはは！　可愛いのに挟まれて、いいなあロイ」

「ギュスターヴさん！」

エリサさんの腕から抜け出し見上げると、すぐにギュスターヴさんの掌が頭に乗せられた。

髪をぐしゃぐしゃにかき混ぜられたと思ったら、僕の体がフワッと浮いた。

「えっ」

「悪かった、ロイ。バスチアのことは、もっと早くなんとかしてやるべきだった。すまない」

小さな頃のように抱き上げられて、今度はギュスターヴさんに抱きしめられていた。

「お前は何も言わなかったが、おかしい、おかしいと思って魔法薬師ギルドに話はしていたんだが……いや、言い訳だな」

「ギュスターヴさん……」

でも、僕は知っている。ギュスターヴさんは忙しい。僕の何倍もだ。それなのに、たまたま拾ってしまった僕のことをずっと気に掛けてくれている。

「ギュスターヴさん」

僕は思わずその首にギュッと抱き着いた。こんなことするの、孤児院にいた頃以来かもしれない。

ギュスターヴさんはたしか四十歳くらい。『お父さん』とはちょっと違うけど、でも大きな掌とこの腕は安心できて温かい。

昔のぼくには仲間がいて、今はギュスターヴさんやエリサさん、プラムもいる。

血は繋がってなくても、僕には家族みたいな人がいてよかった。そう思う。

「僕は大丈夫。ギュスターヴさんのせいじゃないよ。それに魔法薬師ギルドもちゃんと調査してくれるって。奉公人仲間もなんとかなりそうだし、大丈夫」

過ぎてしまった悪いことはどうしようもない。

気が済むまで落ち込んだら、悔やむのは終わり！　切り替えなくっちゃ。

僕には【製薬】スキルも、製薬スライムだった前世の記憶もある。大丈夫。

だってここは、製薬スライム《ぼく》が望んだ、窓の外の自由な世界なんだから！

第四章　僕らの秘密と工房

その夜。僕は昨日も泊まった、冒険者ギルドの簡易宿泊所に泊まることになった。

ギュスターヴさんが「風呂屋に行ってから、飯を食おう」って誘ってくれたけど、僕はもうなんだかクタクタで、お風呂とごはんに心惹かれつつベッドへ直行した……のだけど。

「だめだ。なんか眠れない」

簡素な木製ベッドの上でぼそりと呟いた。

たった一日の間にいろいろありすぎて、体はクタクタだけど目を閉じても全然眠れない。

「うーん……ポーションでも作ろうかなあ。よし！」

僕は勢いよく起き上がり、魔石灯をつけた。すると床の上で寝ていたプラムが、プルッ!?　と震えて同じく飛び起きた。

「あっ、ごめんプラム！　眩しかった？」

『プルン！　ポヨ？』

大丈夫だよ、と元気に跳ねたあと、採取袋をゴソゴソ探る僕の後ろで『なにしてるの？』と首（？）を傾げている。

「どうせ眠れないなら、ちょっとでも稼ぎになることしようかなと思って！」

今日はギュスターヴさんの厚意でタダで泊めてもらったけど、明日からはそうはいかない。

ここは格安の部屋だけど、これからは毎日、何もかもにお金がかかるんだ！

「はぁ～。今までは一応の食事と寝床が用意されてたけど、これからは部屋代に食事代……お金がいくらあっても足りなそうだなぁ。うん、やっぱりちょこっとずつでも稼ごう！」

僕が今すぐできる稼ぐ方法といったら――【製薬】スキルだ！

「冒険者ギルドで売るなら、やっぱり回復ポーションが一番だよね」

プル？　プルル？　と覗き込むプラムを撫でて、僕は袋から回復ポーションの材料を取り出し机に並べた。自分用にとっておいたものだから、量はそんなに多くない。

日輪草、黄金リコリスの根、兎花……それから苔の乙女の台座が少しだ。

「うーん。この材料じゃ古王国レシピのポーションは作れそうにないなぁ」

天草スミレがないし、あと古王国の回復ポーションに少しずつ入れてた薬草がない。

あれは塔にあった永久薬草壁のを使ったんだよね。壁から採れた薬草は、普通は簡単に手に入るものじゃない。迷宮城でいったら中層部以降で採取できる素材だ。

「うーん……試してないけど、普通のポーションのレシピで作ってみようかな。たぶん古王国レシピじゃないものも【製薬】で作れるはず」

お金のことを考えたら、効果も品質も高い古王国ポーションを売るべきだ。かなりの高値で売れるだろう。だけど、今はまだ売らない。

永久薬草壁の薬草が、採取してからどのくらいの速度で復活するのかまだ分からない。あの薬草をむやみに使ってはだめだ。

「手持ちの古王国ポーションは、売らずに万が一の自分用にとっておいたほうがいいな」

今日一日で、人生何があるか分からないって思い知ったしね！

「はぁー。あの永久薬草壁がたくさんあったらなあ」

ん？　でも昔は壁一面薬草が生えてたし、あの壁って全面永久薬草壁のはずだよね？

永久薬草壁の扱い方について日誌を確認しておかなきゃ。

「よし。壁の薬草の様子も気になるし、塔には早めに行こう」

次の予定は立った。でも、今はまず生活費を稼ぐためにポーションを作らなくっちゃ！

僕は気持ちを切り替えて、普通のポーション材料を机に並べ、水差しから盥に水を入れた。

『ポム、ポム』

「ん？　プラムどうしたの？」

『ポヨン！　ポヨン！』

僕の背中をつついたプラムが『ぼくがやる』と伝えてきている。え？　と首を傾げていると、プラムがにゅっと手（？）を伸ばし、素材を掴んで体の中に取り込んでしまった。

「えっ!?　だ、だめだよ、プラム食べちゃ……！　あっ」

『ポヨ！』

胸を張ったプラムが「ペッ」と、日輪草、黄金リコリスの根、兎花を吐き出した。どれも綺麗に泥が落とされている。

「あ、【浄化】で洗ってくれたんだ！　ごめん、お腹空いちゃったのかと思って……」

それにしたってプラムの【浄化】はすごい。

塔で硝子器具の洗浄はお願いしたけど、薬草本体と泥を区別して、汚れだけを落としてくれるなんて！　プラムって、なんて細やかな仕事ができる子なんだろう！

「ありがとう、プラム」

『ポヨン！　プルプルルッ！』

さあ、全部よこせ！　と、プラムはにゅうっと両手を広げるようにして、机上の素材を体の中に取り込んだ。すごい速さで【浄化】が終わっていく。

「ふふ！　次は僕の仕事だね」

【製薬】スキルでのポーション作りは、未処理の素材をそのまま使っても問題はない。だけど普段通りに下処理をしたほうが、高品質に仕上がることが分かっている。

だからまずは、できる限りの下準備をする。

日輪草はすり潰して、黄金リコリスの根はみじん切りに、兎花は花の部分だけを摘んで千切った。

そして水も一緒に並べて、僕は素材に向けて手をかざして言った。

「【回復ポーション】！」

手元がカッと光ると、机の上にはどっさりの薬玉が積み上がっていた。

「わ！　すごいたくさん！　なんでだろ？　素材……あっ。もしかして僕の『熟練度《じゅくれんど》』がちょっと上がったのかな？」

スキルには、測定はできない熟練度があると考えられている。塔の工房で調子に乗って作ったのがよかったのかもしれない。作りすぎてよかった！

『ポヨ！　プルン？』

机の下に押し込めておいた木箱を、プラムがズルズルと引っ張り出してくれた。中身はポーションの空き瓶だ。僕の住んでいた屋根裏部屋から持ってきたものだ。

「ありがと、プラム。重たかったけど、やっぱり持ってきてよかったよね」

ギルドでポーションを売るなら絶対に必要な標準ポーション瓶だ。冒険者になって、魔法薬の製造依頼を受けられるようになったら使おうと、奉公しながらコツコツ溜めていた。

「さっそく詰めちゃおう」

薬玉を詰めるのは、簡単でちょっと楽しい作業だ。瓶の口に薬玉を押し付けると、トゥルン！と中に吸い込まれ液体になってくれる。ふふ、これは気持ちよくて楽しい！

「……ん？　なんかキラキラしてる？」

古王国レシピのポーションじゃなくても光るのかあ。あれは高品質素材を使っているせいで、含まれる魔素の濃度が上がり結晶化したって予想していたんだけど……？

「僕のスキル効果に《高品質》があるせいかなあ」

でも、キラキラしてる他には見た目も匂いもおかしなところはない。綺麗な翠色だ。試しにちょっと舐めてみたけど、味にも問題はなさそうだ。

「……ま、いっか。素材にも出来にも問題はないし、毒じゃない！　ね？　プラム」

『プルン！』

同意を求めてプラムを見たら、元気にプルッとしてくれたのでよしとしよう。うん。

「僕のポーション、いっぱい売れるといいなあ」

冒険者ギルドでポーションを売る方法は、ざっくり分けて三つある。

一つめはギルドに買い上げてもらうこと。二つめは個別依頼を受注すること。三つめは、ギルド内の売店で委託販売をすることだ。ただ、どの方法にもメリットとデメリットがある。

一つめのギルド買い上げのメリットは、品質の良し悪しは関係ないことだ。まだ腕の足りていない見習いにはありがたい。デメリットは、買い上げ金額が安いこと。

「今の僕には、このメリットもデメリットなんだよね」

【製薬】スキルで作ったポーションは、キラキラからも分かるように、普通のレシピでもたぶん品質がいい。

「うーん。高品質のものを適正価格で売りたいなら、個別依頼が一番いいんだけど……難しいよねえ」

まず、ちょうどよく依頼が出てるとは限らない。それに個別依頼で、見習いのポーションを買いたがる人はいない。だって、品質がいいものを欲して個別依頼を出しているのだから。

魔法薬店に行けば、中級や上級ポーションだって売っている。それなのに、ギルドに依頼を出すということは、ものすごく高品質だとか、特別な効果のあるものを求めてるってことだ。

オーダーメイド依頼なんかもあるしね。

「うん。やっぱり今回は売店に委託しかない！」

売店への委託のメリットは、販売手数料は取られても、売れれば売れた分だけ稼ぎになる。ギルドの買い上げよりは高収入が見込める。デメリットは、どれだけ売れるか分からないこと。

「最悪、収入ゼロもあり得るんだよねぇ」

僕が委託販売するのはもちろん初めて。各商品には記名する決まりだから、僕のポーションも、見習いの僕が作ったってひと目で分かる。

「売れる……かなあ？」

ギルドの売店は、冒険者向けに手頃な価格で標準的なアイテムを売っている。どのアイテムもお手頃価格な分、効果も軽めだ。だけど委託品には、お手頃価格のわりに品質がちょっといいものがある。これは大体、冒険者がお小遣い稼ぎとして委託しているものだ。

「僕のポーションは、材料費はみんなと一緒だけど品質はいい。う〜ん……お値段をみんなと同じくらいにすれば、見習いの品でも買ってもらえると思うんだけど……」

いやいや、逆かも？　見習いの品だから、皆と同じじゃ高いと思われて手に取ってもらえない？

キラキラしてるところも警戒されるかもしれない。

「でも……高品質のものを、あんまり安くしすぎてもよくないと思うし」

それはバスチア魔法薬店の先代さんに教わったことだ。

『安い材料を使って高く売れば利益は増える。だけどね、それは決してしてはいけないよ。値段は薬の価値。薬に嘘を吐き、金銭を求めれば薬師としてだめになる。我々薬師は、値段分の責任を負わなければならない。だから値段は、安すぎても高すぎてもいけないんだよ』

僕はまだ、先代さんの言葉の全てを理解しているわけじゃない。でも、なんとなくは分かるんだ。あの塔で、ただポーションを作らされていたぼくは、たぶん虚《むな》しかった。もし仕事をした分、何かご褒美があれば、もっとやる気も出たし頑張れた。

「ものにも人にも、正しい対価が必要なんだ」

僕はちょっと悩んで、相場通りの値段で売ってみることに決めた。

それに高品質といったって、材料は普通のポーションと同じ。

【製薬】スキルの効果で底上げがあるとしても、中級回復ポーションには届かない品質だろう。やっぱり初級回復ポーションの相場で売るのがちょうどいい。

「どうか売れますように」

僕は祈りをこめて、ポーション瓶に名前のタグを取り付けた。

◆　◆　◆

そして翌朝。目を覚ました僕はプラムを抱きしめていた。

「うわ。なんかすごいよく寝ちゃった」

『プルン！　プルル！』

「プラムもよく眠れた？　ごめんね、僕ぎゅうぎゅうに抱きしめちゃってたよね？」

『プルルン！』

だいじょうぶだよ！　と、プラムはベッドの上でポムッポムッと飛び跳ねた。

早朝のこの時間、ギルドの食堂はまだ開いてない。

だから僕はプラムと二人で朝市屋台に向かうことにした。


「はぁ。お腹いっぱい！」

『プルル！』

焼きたてのパンやシチュー、厚切りベーコンと野菜の串焼き。温かい朝食をたらふく食べたのは久し振りだ。

「ふふ。でも今日は特別だからね！　これからは暮らすのにお金が必要になるから、少し節約しなくっちゃ。いい？　プラム」

『プル！』

もちろん！　とプラムは頷く。

「楽しみだね、プラム」

今日から僕は、プラムと新しい生活を始めるんだ！　そう意気込んで、石畳の道をいつもよりも軽い足取りで走った。

そしてギルドに戻り、僕はさっそく委託販売の申し込みをした。木箱いっぱいに作ったポーションを売店に預け、「売れますように……！」と願いをこめる。

売店担当の職員さんは「心配しなくても、それなりに売れるさ！」と言ってくれた。

「今日も忙しいよ、プラム。今日はお昼頃、リディと約束してるから、孤児院に行って依頼した薬草を引き取って、薬種問屋さんに売りにいかないとね」

僕は一度部屋に戻り、今度は外出の準備を整える。

今日は迷宮には行かない予定だけど、昨日を思えば何があるか予想が付かない。何かが起こっても対処できるように、できる限りの装備をして出掛けることにした。

「プラム、準備はできた？」

『プルン！』

ここは狭い部屋だけど、前の部屋より綺麗だし窓もちゃんと開く。温かい朝ごはんも食べられたし、プラムも一緒だ。再出発の朝としては悪くない。

僕は力を入れなくても閉まる扉に鍵を掛け、ちょっと跳ねた髪を手で撫でつけて直す。

「いこっか！」

ポムポム跳ねるプラムに手を差し出す。僕の新しい一日はこうして始まった。


「ロイ！」

冒険者ギルドが開いた直後の一番賑わう時間。

依頼掲示板に集まった冒険者たちの後ろから、リディがぴょこんと飛び跳ね、手を上げた。

「リディ！　随分早いね!?　あれ、約束は昼だったよね？」

「ええ。約束はそうだったけど、冒険者なら朝一に出掛けるべきだって聞いたから来てみたの！　でも、ロイ？　あなた何してるの？」

リディは書類を手に走る僕を見て、こてりと首を傾げた。

「ちょっとお手伝い。少し待ってて！　すぐ終わるから」

「ロイくーん！　早く次の持ってきてくれー！」

手を伸ばして呼ぶのは、掲示係の新人職員さんだ。掲示板前は、依頼を取り合う青銅級の冒険者でごった返している。

「はーい！　ごめんね、リディ。食堂のほうにプラムがいるから一緒に待ってて！」

「うん、分かった」

この掲示板には、個人や店から出された依頼が貼り出される。

店頭にはなかなか置いていない薬草や、手に入りにくい薬草、魔物素材の採取が主な依頼だ。量が多かったり急ぎだったり、調達が難しく難易度の高いものが多い。

貼られては剥がされ、そしてまた貼られていく。早い者勝ちだから朝一はいつも争奪戦だ。

手伝いを終えて食堂へ向かうと、プラムが天井まで飛び上がり、リディが手を叩き喜び、まだ暇な職員たちがそれを見て目尻を下げる……という微笑ましい空間ができていた。

『プルルン！』

「あ、ロイ！　お手伝い終わったの？」

「うん。せっかく早く来たのに待たせてごめんね」

「いいの。プラムと遊べて楽しかったし！」

皆に迷惑かけてなかったかな？　と僕が周囲を窺うと『可愛いものを見られて楽しかった』と職員さんたちは笑っている。

よかった。リディもプラムも、あっという間にギルドに馴染んでていい傾向だ。

「でも、ロイ？　なんで朝からお手伝いをしていたの？　もしかして新人のお仕事だった？」

それなら私もやってこなくちゃ。そうやる気を見せるリディに、僕はアハハ！　と笑う。

「違うよ。僕は簡易宿泊所に泊めてもらったお礼でやっただけ」

「簡易宿泊所？　ギルドってホテルもあるのね」

「はは！　そんな立派なものじゃないよ。寝るだけの場所って感じかな？」

「――立派でなくて悪かったなぁ？　ロイ」

ギクリとして振り向くと、ギュスターヴさんが立っていた。

ホッとしたような顔で僕を見下ろしている。

もしかして、昨日の今日だし心配してくれてたのかな。

「おはよう、ギュスターヴさん。でも、屋根裏部屋より綺麗だし明るいし、ベッドは傾いてないし、ドアもちゃんと閉まるし鍵も掛かるし、あと鏡も割れてないし！　快適でした！」

僕のその言葉に、リディは気の毒を通り越した悲しそうな顔をして、ギュスターヴさんは眉根を寄せ、悲しげな顔を見せる。

「え？　褒めたのに……？」

「ロイ。早くいい部屋を見つけてやるから待ってろよ。ああ、それとな、お前ら早く孤児院に行ったほうがいい。今日は領主様の奥方様たちが慰問をされるらしい」

ギュスターヴさんはチラリと、プラムを抱えたリディに目を向け、そう言った。

◆◆◆

急いで訪れた孤児院は、いつもより念入りに磨き上げられていた。敷地内には騎士さんたちの姿も見える。

「ロイ、急ぎましょう」

「そうだね。早くしないと部外者だって追い出されちゃう」

ソワソワ不安そうなリディは、僕とプラムよりも早足だ。

処理を依頼した薬草が受け取れなかったら、予定通りにいかなくなっちゃう！

「ありがとうございました。院長先生」

「こちらこそ。リディさん、今後もどうぞよろしくね」

力強く手を握られたリディは大きく頷く。無事に受け取れてホッとした。

孤児院をあとにした僕たちは、今度は石畳の坂道を下り薬種問屋さんへ向かった。

「ねえ、ロイ。孤児院のお仕事ってすごく丁寧なのね！　それにこの量を一日で処理しちゃうなんて、私びっくりしちゃった」

「そりゃそうだよ！　いい仕事をたくさんやった分だけ、自分のお小遣いになるんだもん。それにもし手抜きして、悪い評判が立っちゃったら全員が損をするし、みんなに恨まれちゃうからね」

「そっか……そうだよね。みんな私より年下なのにすごいなあ……私も頑張らなくちゃ」

「そうだね。僕も頑張らなくっちゃ！」

二人で頷き合っていると、前を行っていたプラムが坂の下で、ポヨン！　ポヨン！　と跳ねている。『はやく～』という心の声が聞こえてくる。

「ふふ、お待たせ！　プラム」

『ポヨ！』

プラムは僕らを先導するように歩き、路地裏のとある店の前で、ポヨンと跳ねた。

スキル効果の《以心伝心》って、僕だけじゃなくてプラムのほうにもあるんだね。プラムはこのお店の場所を知らないはずなのに、先に行くからびっくりしちゃった。

「このお店なの？　ロイ、上階の窓は塞がれてて暗そうだけど……大丈夫？」

ちょっと耳をしょげさせたリディが、不安そうな声で耳打ちしてきた。

リディの不安も分かる。ここは大通りから一本入った小さな路地だし、店の看板は小さくて目立たないし、明るい雰囲気とは言えない。女の子が不安に思うのも当然だ。

「心配いらないよ。問屋さんは一般客向けじゃなくて商売人相手だから、目立つ大通りに店を構えなくてもいいんだって。あと上は倉庫とか作業場。薬種を扱う店だから日光が入らないようにしてるんだ」

灯りは品質に影響しない魔道具がある。

「ああ、そうなのね」

リディは頷いて、通りに並ぶ店を見ている。

お嬢様なリディには物珍しいんだろうなあ。僕には通い慣れた場所だけどね。

「さ、入るよ――こんにちは！　薬草の買い取りお願いします」

「お、ロイくんか！　昨日は災難だったな～！　いやウチも痛手だけどさ、君らほどじゃないよ。で、元気？　ごはん食べた？　あの店閉鎖だろ？　寝る場所ある？　ないならウチの物置きでよかったら使っていいけど……あれっ？　後ろの女の子とそのスライム、はじめてだね？　ロイくん、どこで知り合ったの？　ウチに来たってことは～……」

扉を開けた瞬間に喋り始め、そして止まらないこの眼鏡のお兄さんはコンスタンタンさん。

この店の息子さんで、薬草の研究者でもある人だ。

「コンスタンタンさん！　あの、僕はとりあえず大丈夫です。ありがとうございます。で、これ査定をお願いします！」

コンスタンタンさんのお喋りを止めるには、強引に口を挟むしかない。

「買い取りか。どれどれ……お、いいね、いいね！　丁寧な下処理済みだ。ちょっとサンプル取らせてもらうね。その辺で待ってて。あ、女の子さんは名前なに？」

「あっ、リディです。よろしくお願いいたします」

「はいはい、リディちゃんね！　冒険者登録してる？　ああ、青銅級の新人さんかぁ！　うんうん、頑張ってね。じゃ、これ『取引許可証《とりひききょかしょう》』渡しとくね～。君はロイくんの連れだから、初回だけど特別にあげちゃう」

「あっ、ありがとうございます」

チラと僕を窺うリディの目は、まだ査定も済んでないけどいいの……？　と言っている。

あと、コンスタンタンさんの爆速お喋りに面食らっているみたいだ。

「コンスタンタンさん。僕たち棚を見てるから、査定をお願いします」

「あっ、うん。そうだったね。その辺のが今日入ってきたやつと、出荷予定のやつだからよく見ていきな～」

「はい！」

コンスタンタンさんは持ち込んだ素材の袋三つを担ぐと、奥へ引っ込んでいった。

「ねえ、ロイ？　あの……いろいろ聞いてもいい？」

「あはは、いいよ。びっくりしたでしょ？　コンスタンタンさんは面白い人なんだよね」

「う、うん」

何から聞こう……と呟き、リディはゆっくり口を開いた。

「えっと……まずはロイのこと！　昨日あのあと、何かあったの？　お店が閉鎖ってどういうこと？　ギルドにお泊まりしてたのと関係あるの？　ねぇ、本当に大丈夫なの？」

「ふふっ。リディもコンスタンタンさんみたいになってる」

『プルプル！』とプラムも小刻みに震え、僕を真似て笑うような仕草を見せる。

「だって！」

　僕は昨日の出来事をリディに話して聞かせた。

「ケットシーの子、私も会ってみたい……！　白夜の錬金術師さんのところにいるの？」

「たぶんね。あの感じだとククルルくんは、ベアトリスさんのとこに転がり込んでると思う。ちゃっかりしっかりしてたもん！　ねえ？　プラム」

『プルン！』

　プラムも大きく頷く。

「それと、この取引許可証って……？」

「リディにはまだ話してなかったね。この取引許可証があれば、この辺の薬種問屋さんで買い取りをしてもらえるんだ。冒険者ギルドを介した依頼でも、これを持ってると有利だし、逆にこれがないと、半人前扱いでちょっとお安い買い取りになっちゃう」

「えっ。そんなものを私がもらっていいの？　私、今日が初めてなのに……」

「いいんだよ。コンスタンタンさんがいいって言うんだから。リディが持ち込んだ素材は、それだけいいものだったってことだよ」

　取引許可証は、大人だからもらえるわけじゃない。素材や処理の良し悪しで判断されている。

　僕は孤児院でしっかり仕込まれてたから、採取物の品質が追いついたら、すぐに取引許可証をもらえた。リディの持ち込み品は僕と同じものだから、取引許可証をもらえて当然だ。

「ありがとう。ロイのおかげね」

「えへへ。リディが僕のことを信頼してくれて、同じように採取して処理依頼を出したからだよ」

リディは真っ直ぐにお礼を言ってくれるし、すごく素直に話を聞いてくれる。

子供だ、見習いだって侮らないでくれるのが嬉しい。けど、ちょっと照れ臭くもある。

「あと、もう一つ。『今日入ってきたやつと、出荷予定のやつだからよく見ていきな〜』ってどういう意味？」

さっきのコンスタンタンさんの言葉だ。

「需要が分かるってことかな。えーっと……兎花、日輪草、黄金リコリスの根、『七翠玉《しちすいぎょく》ブドウ』……へぇ、七翠玉ブドウかぁ」

僕は積まれた木箱にあった、珍しいラベルに目を留めた。

七翠玉ブドウは魔力回復ポーション――それも主に、中級以上の調合で使われる素材だ。

色の濃さが違う翠色の実がなる葡萄《ぶどう》で、その実には濃縮された魔素が詰まっている。

「その素材がどうかしたの？　ロイ」

「ああ、ごめん。リディはこの素材が主になんの材料か分かる？」

「回復ポーションよね。黄金リコリスの根は私たちも持ち込んだもの」

「うん。あと、僕は黄金リコリスの根がちょっと多いなって思ったんだ。黄金リコリスの根って、初級ポーションにも少量使われるけど、中級だと多く使うんだ。それから七翠玉ブドウは『中級魔力回復ポーション』の材料。ここは問屋さんだから、これらの行き先は魔法薬店や魔道具店になる」

分かる？　と、僕はリディの顔を覗き込んだ。リディならきっとすぐに気が付くと思うんだ。

「……そういうことね！　ここの素材は、これから納品され、加工されてからお店に並ぶ。だからこれを見れば、少し先に必要とされるものが分かって、持ち込む素材の参考になる……ってこと？」

「うん、そう！　でも中級以上の薬がこんなに必要になるって……どうしてだろう？」

一番よく売れるのは初級ポーションだ。

ポーションには色んな種類があるけど、普通は初級回復ポーションのことを『ポーション』、『初《しょ》級《きゅう》魔力《まりょく》回復《かいふく》ポーション』を『魔力《まりょく》ポーション』って呼ぶ。

「中級ってそんなに使わないものよね？　大怪我じゃないと使わないし」

「うん。それに安くないし、中級を使うような難易度の階層に潜る人には、回復役の魔導師が付いてるものだし。そんなに需要はないはずなんだけど……？」

ポヨヨン、ポヨヨン。プラムが何かを伝えるように体を大きく広げて跳ねている。

「それはさ、そろそろ『十二迷刻《じゅうにめいこく》』だからだよ」

奥からヒョコッと顔を出したコンスタンタンさんが言った。

「十二迷刻って、あの、迷宮城に何かが起こる……ってやつ？」

「そ！　十二年に一度、迷宮城が組み変わるんだよ。前回はロイくんは赤ちゃんの頃かな？　そしたらピンとこないのも無理ないね～」

コンスタンタンさんは、見上げる僕に説明してくれる。

「前回はさ、なかなかイレギュラーなことが起こったんだよねぇ。迷宮の深層部と繋がってしまったのか、桁外れに強くて厄介な魔物が迷宮の外に現れてさ。ま～、俺もね、成人したてくらいだったから詳しくは知らないんだけど、討伐に向かったのが領主一族の方で、魔物と相討ちだかで亡くなっちゃったらしいんだよね……」

「えっ」

領主一族ってことは貴族。貴族には魔力が高い人が多いし、討伐に行ったなら腕も立つ方だったんだろう。そんな方が相討ちって……。

「何が起きたのか詳細は分からないんだけど、とにかく街は大騒ぎでさ。まあでも、その方が体を張って食い止めてくれたおかげで、僕らは今もここに住んでいられるってわけ。ありがたいことだよ」

そんなことがあったんだ。ラブリュスで暮らしていれば、十二迷刻の話を聞くことはある。だけど前回、何が起こったのかは不思議とほとんど聞いたことがない。

なぜか皆、『大変だったんだよ』と言葉を濁すだけで話してくれなかったんだけど、そんなことがあったんだ……。

「ご親戚にあたるアルベール様もさ～、クラン作って大々的に迷宮探索して、迷宮素材の研究もしてるのは、その方の影響があったりするんじゃないかなあ。あの方は次男で家は継がないだろ？だからきっと、今度の十二迷刻で、役に立とうって――」

「コンスタンタン！　いつまで喋ってんだ！」

店の二階からだ。親父さんの大きな声が飛んできて、僕とコンスタンタンさん、それからリディとプラムまでもがビクッと肩をすくめた。

「はいはーい！　ごめんね、ロイくん。喋りすぎちゃった。それじゃこれ今回のお代ね！　また頼むよ。あ、今売るなら苔の乙女の台座がおすすめだよ！　じゃあね！」

そして、いつもよりちょっと多い代金を受け取ると、僕とリディは半分こにして店を出た。

「さて。リディはこのあとどうする？」

「迷宮で素材採取かな？　ほら、孤児院長さんにもよろしくって言われたし……さっき見た中級の素材狙いでいこうかなって！　ロイは？」

「僕も素材採取かな。中級素材の需要が増えてるなら、買い取り額もいいだろうしね」

ついでに自分用の素材も集めて、ハズレの工房でポーションを作りたいなあ。

十二迷刻に向けてポーションの需要が増えていくのなら、今から作り溜めをしておきたい。でも、どこに売ろう？　十二迷刻の時期が来たら依頼が出るのかな。それともギルドの買い上げがあるとか？

十二迷刻のことはよく知らないから、まずは十二迷刻自体のことを調べたほうがいいか。

「――ロイ？　あの、だめ……？」

「えっ？　あ、ごめん。ちょっと考え事してて聞いてなかった。なんて言ったの？　リディ」

「今日も一緒に……採取に行かない？　その、一人じゃ寂しいってわけじゃないんだけど、ロイがいたら心強いなって思って……」

プラムを抱っこしたリディが、ちょっと言いにくそうに話す。

あ、強く抱きしめられたプラムが瓢箪《ひょうたん》みたいな形になってる。本人は気にしていなそうだけど。

「いいよ、一緒に行こっか！」

「いいの？」

「うん。リディが一緒なら、僕も安心して採取ができるからね」

前回は突然出てきた魔物に驚いたし。僕一人だったらどうなってたことか……

浅層部でも迷宮は油断できないと思い知った。リディが一緒にと誘ってくれるのは、ありがたい。

「そう？　よかった……ありがとう！」

笑顔を見せたリディは、ホッとしたのかプラムを抱きしめる腕を緩めたけど、プラムは物足りなかったのか手（？）を伸ばしてリディの腕をポンポン叩いた。抱きしめの催促……？

「ふふっ！　プラムってちょっと変わったスライムね。表情とかはないけど、可愛いし、表現力が豊かよね。それに綺麗で珍しい色をしてるし」

「うん。僕もプラムみたいな子には初めて会ったよ」

僕は微笑んで、プラムと出会ったハズレのことを思い起こす。

「リディ。今日の採取場所、僕が決めてもいい？」

「もちろん！　いい場所をロイに教えてもらえたら私は助かるもの」

「よかった！　それなら西の崖のハズレに行こう！」

「はぐれ迷宮に？　ハズレなんでしょう？」

僕は戸惑うリディにニッコリ笑い掛け、まだ遊びたそうなプラムを撫でて言った。

「それがね、今はハズレじゃなくてアタリなんだよ！」

「ええ？」

中級素材狙いなら、今はハズレが狙い目だ。

それにコンスタンタンさんが苔の乙女の台座をおすすめしたってことは、絶対にいい値が付く。ともなれば坪庭の魔素溜まりに行くのが最良だ。

リディが一緒だとしても、迷宮城で中級素材を採取するにはまだ無理があるからね。

それと、ハズレに行きたい理由はもう一つある。

僕が落ちたあの崖の底を探索してみたいと思ったからだ。

もし魔素溜まりがあって、ちょっと強い魔物が出たとしても、リディが一緒なら心配ないしね！

リディに頼るのはちょっと格好悪いけど、その代わり僕は採取の仕方や、素材の探し方を教えることでお返ししたい思う。

いい採取場が見つかるといいなあ。

あと、あの永久薬草壁で採取をして、役に立ちそうな本やノートを読んで、思う存分に調合をして作り置きもしたい……！

探索と工房での目的を終えたら必ず報告するから、もうちょっとだけ僕にあの工房を使わせてください……！

僕は心の中で、ギュスターヴさんにそうお願いした。

◆　◆　◆

「リディ！　ここだよ！　ここが僕のとっておきの採取場所！」

崖をよじ登り、到着したのはこの前も来た坪庭の魔素溜まりだ。

「え、嘘。ハズレなのにこんなに魔素が？　魔素溜まりにしたって濃すぎない⁉」

リディは驚き目を丸くして、耳をピヨピヨ動かしている。

エルフは人間よりも、魔素や魔力に敏感だって聞く。ハーフエルフのリディも、ここの異常さを感じているみたいだ。

「ここ、すっごくいい素材が採れるんだ！　でもね、このことはギルドも把握してるから、すぐに魔素濃度を下げられちゃうと思うんだよね」

「当然ね。これだけ魔素が濃いとちょっと心配だもの。素材だけでなく、魔物が活性化してもおかしくないかも……」

そう言って、リディと僕は足下をそっと見た。

魔素たっぷりの草むらで薄紫色のプラムが、ポヨン、ポヨン、と楽しそうに跳ねている。

「まさかとは思うけど……プラムに影響はないよね？」

「う〜ん……？　楽しそうにしているし大丈夫じゃない？　プラムって変わった色をしているけど、

人懐っこくて危険はない『いいスライム』って感じだもの」

僕の心配が《以心伝心》でプラムに伝わったのか、プラムは僕らを見つめ、ポヨン、ポヨン！と足下に戻ってくる。

そして、プラムはプルプル小さく震え『わるいスライムじゃないよ』と伝えてきている。

「ふふっ、そうだね。プラムはいい子だもん。心配ないよね。それじゃ、採取をはじめよっか」

「そうね！」

僕たちは魔素に満ちた、坪庭の地面にしゃがみ込んだ。

採取するのはポーションの材料になる日輪草、不忍草、苔の乙女の台座など。

苔の乙女の台座は、僕がこの前たっぷり採取したのに、その名残は一切なかった。もう岩の上一面に茂っている。苔の乙女の台座が復活するには、もっと時間がかかるはずなのに……

魔素があまりに濃いとそうなるのかな。

そう思った時、何かが光ったような気がしてふと頭上を見上げると、岩壁にへばりつくように生える『苦銀糸《にがぎんし》』の木があった。その針状の葉は、魔力をよく通す性質があり、魔道具作成に利用されている。売ればいいお値段になるものだ。

「リディ。僕ちょっと上って採ってくる！」

「えっ、危険よ！　何か枝とかで……そうだ、肩車してみない？」

「肩車？」

苦銀糸の木が生えてるのは、僕の身長の約二倍は高い場所だ。

リディを肩車すればギリギリ届きそうだけど……でもなあ。

僕は自分よりちょっと背の高いリディを見つめる。

「ごめん……僕、リディを肩車してヨロヨロしない自信がない……」

男なのに情けないけど、女の子でも同じくらいの身長があるリディはたぶん無理……！

あと、リディはスカートだし。無理……！

「ううん、逆よ？　私がロイを肩車しようかなって……」

「ええっ!?　それこそ無理だよ！」

「そうかなあ。一度だけ試してみない？　肩車くらいできそうな気がするのよね」

「無理だってば」

するとと突然、目の前で薄紫色のにょろっとしたものが伸びた。

「えっ」

「えっ!?」

言い合いをしている僕らの足下から、プラムが体の一部を伸ばし、苦銀糸の枝を折ったのだ。

『プルプル！　プルン！』

とれたよ！　はいどうぞ！　ポヨポヨ揺れてるプラムはそんな感じだ。僕は差し出された枝を受け取って、リディと顔を見合わせた。

「あはは！　プラムがいたものね」

「そっか、プラムにお願いすればよかったんだね。ありがとう、プラム！」

リディと僕が笑いながら言うと、プルルルン！　プラムは得意気に胸を張った。

そのあとも順調に採取を続ける。あっという間に袋が重くなってきた。

「このくらいでいいかな」

「そうね。でも、狭い場所なのに薬草が生えすぎていない？　普通はこうじゃないのよね？」

「うん。こんな簡単に、高品質の素材を採取できることなんて普通はないよ」

特にちょっと珍しい苔の乙女の台座や苦銀糸の葉はいい臨時収入になってありがたい。

「リディ、まだ時間あるよね？」

「うん。今日は夕方まで大丈夫よ！」

「それなら、ちょっと探検してみない？」

「え？」

僕は前回、崖下に落ちたこと、実はその先に未発見と思われる新エリアがあったことをリディに話した。ちょっと考えて、塔と工房のことはまだ秘密にしておいた。

あそこには前回作りすぎた薬玉が置いてある。

僕のスキルは説明しづらいから、ひとまず工房ごと秘密だ。

「新エリアなんてすごい！　探検しましょ！　あ、でもその前に、ロイの荷物貸してくれる？」

リディは僕が担いだ大きな採取袋を指さした。

「別にいいけど、重いよ？　何か気になる素材でもあった……あれ？」

ここにきて気が付いた。あれだけ採取したのに、リディは今、採取袋を持っていない。

「うふふ！　あのね、これ！　『収納《しゅうのう》バッグ』よ！　家にあったのを見つけて持ってきたの」

リディはその場でクルリと回り、マントをめくって腰のポーチを見せた。

収納バッグは魔道具の一種で、平たく言うと『ものがたくさん入る鞄』のことだ。

その容量は様々だけど、小さなものでもお値段はかなりするらしい。

そんなものが家にあっただなんて……やっぱりリディって相当なお嬢様だね!?

「容量はそんなに多くないみたいだけど、採取で使うなら十分だと思うの。私の袋も……ほら！すっぽり入ってるでしょう？　ロイの袋も余裕で入っちゃうわ！」

リディがポーチの中から、採取袋を少し出してみせる。

「すごい！　わぁ……本当に大きさも重さも関係なく入っちゃうんだね！　でも、いいの？　僕の荷物もなんて悪くない？」

「悪くない！　私、ロイに教えてもらうばかりだからお礼がしたいの。このバッグを一緒に使いましょう？　あっ、一緒にって言っても、いつも一緒に採取に行きましょって言ってるわけじゃないの！　あっ、違う、持ち逃げとかも絶対にしないから！　そうだ、代わりに何か私の持ち物を渡しておく！」

「ううん、大丈夫だよ。ありがとう、リディ。それじゃお言葉に甘えて……」

僕は恐る恐るポーチに採取袋を近付けてみる。

袋のほうが圧倒的に大きいんだけど、どうやって入れるんだろう？

そう思っていたら、リディが【収納】と言った瞬間、袋はポーチの闇に吸い込まれていった。

すっごい！　格好いい‼

【収納】って言えば入るんだね！」

「うん。登録してある人の声に反応するの。出す時は、出したいものを口にすればいいのよ」

「へぇ～、すごいね。これがあれば採取の効率がグンと上がるよ」

もっと持てたらまだ採取できるのに！　って悔しく思うこともないよね。

数日かけて迷宮に潜る時にも便利そうだ。

そうだ。リディと一緒の今なら、塔の工房でたくさんポーション作っても全部持って帰れる……

でも、それには僕の秘密を話さなきゃいけない。うーん……

あ、でも待って。リディが僕に付き合うメリットがなくない？　さっきだって『いつも一緒に採取に行きましょって言ってるわけじゃないの！』って言ってたし、そうだよなあ。

「ロイ？　どうかした？」

「あ、うん。またリディと一緒に採取に行きたいな～って考えてた。もちろん、リディが嫌ならいいんだ。リディは強いから、採取ばかりじゃなくて魔物素材の依頼も積極的に受けたほうが――」

「い、嫌じゃない！　私、採取するの楽しい！　ほら、たくさん採取すれば孤児院にも依頼を出せるし、一人で迷宮に入るのはまだちょっと怖いし……」

「ふふ。そっか。一人で迷宮に入るのが怖いなんて、初日のリディが聞いたら……ん？」

足下のプラムが『ポヨン！』と、突然大きく飛び跳ねた。後ろを背伸びで見てる？

「プラム？　どうした――えっ⁉」

僕らが後ろを向いたその瞬間、岩壁から黒い影が飛び出してきた。

「リディ！　上っ！」

「えっ、『酔狂山羊《サテュロス》』!?」

人間の男の顔を持った、大きな黒い山羊の魔物だ！

ここには弱い魔物しか出ないはずなのに、なんで酔狂山羊なんて迷宮城中層部の魔物が!?

『プルルッ!!』

プラムが手（？）を伸ばして、固まってしまった僕たちを引っ張った。

その反動でプラムは前へ跳び、逆に僕は後ろの草むらに倒れ込む。

「プラム！」

慌てて起き上がって見上げたら、ニヤリと笑った酔狂山羊がプラム目掛け、硬い蹄《ひずめ》を振り下ろしていた。いけない！

「プラム!!」

「プラムっ！」

リディが立ち上がり剣を抜いた。だが間に合わない。距離がありすぎる！

プラムがブルルルルと小刻みに震えている。

せっかく仲良くなったのに、プラムは僕の従魔で、仲間なのに……!!

「プラムっ！」

プラムが踏まれ、地面に沈んだ——と思ったら、酔狂山羊が声もなく、静かに倒れた。

「え……えっ⁉」

「プラム！」

どういうこと⁉　何が起こったの？　あっ、プラムがポヨポヨ跳ねてこっちに歩いてくる！

「プラム！　無事なんだね⁉」

『ポヨ！』

僕は震える体で転げながらプラムに駆け寄った。ギュッと抱きしめたけど、プラムの体は無傷だった。穴もないし大きさも変わってないし、触り心地もいつも通りだ。

「よかった！　僕、プラムが踏み潰されちゃったんじゃないかって……！」

『プルル！　ポヨ？』

プラムが僕の顔をペタペタと触れてくる。

『だいじょうぶだよ、しんぱいしないで』そんな声が伝わってくる。

「あっ！　ロイ、見て！　酔狂山羊が……！」

同じく駆け寄ってきたリディが一歩、後退った。まさか酔狂山羊が起き上がった⁉

僕は咄嗟にリディを背に庇い、プラムを抱き上げて酔狂山羊の様子を窺った。でも、酔狂山羊は地面に伏したまま動かない。なんだか様子がおかしい。

「なんか……変な臭い？」

「み、見て。酔狂山羊の頭、溶けてるみたいじゃない……？」

いつも明るく元気なリディの声がちょっと震えている。あ、耳も下がってる。

リディはお嬢様で、冒険者になりたてだから、昨日の一角ウサギが初めての実戦だったのだろう。残酷な場面に慣れているはずがない。

「リディは後ろに下がってて？　僕が見てくるから」

「う、うん……！」

僕、ちょっと無神経すぎたかも。リディに怖い思いをさせちゃったな……

僕は抱き上げたプラムを地面に下ろし、恐る恐る一緒に酔狂山羊を覗き込んだ。

「うわ、頭が溶けてる。即死だよね、これ……」

ゾッとした。頭に穴が開きその周囲がグズグズに溶けている。溶岩でもぶつけたみたいだ。

「プラム。これ何やったの？」

『ポヨ？』

見ている間にも、酔狂山羊はプスプス妙な音を立て溶けていっている。

「ん？　んん？」

僕はクンクンと臭いを嗅いだ。

魔物肉特有の臭気の中に、何か知っている香りが交じっている気がする。ちょっとツンとくる胃液っぽい臭い。魔物の肉、血、それから……なんだっけ？　この香り。

そう考えていたら、プラムがグイッと服の裾を引っ張り、思考が途切れてしまった。

「あ、思い出せそうだったのに……！　も～、プラム、どうしたの？」

『ポヨヨ！　ポヨヨ！』

プラムは地面で跳ね何かを訴えている。赤い実をつけた草を指し、パク！　と実を食べた。

「えっ！　あ。もしかしてプラム……」

「何？　ロイ？」

リディが心配そうな顔で駆け寄ってくる。

『ポヨ！　プルルン！』

プラムが指さしているのは『毒燃草《どくもえぐさ》』。赤い実をつけ、根が黒い特徴を持つ。

あと、この赤い実は独特な香りがする。

「プラム、これ？」

プルン！　プラムが大きく頷いた。

酔狂山羊の死骸から臭ったのは、毒燃草の実の香りだったんだ！

毒燃草には強い毒がある。危険なのは赤い実だ。触るだけでも火傷のような傷を負うし、たくさん集めて衝撃を与えると爆発する性質がある。

「プラム、これ食べて平気なの？」

【浄化】や【分解】を得意とするスライムでも毒は効く。するとプラムは頷き、ポヨ〜ポヨ〜と大きく左右に揺れたかと思うと、『ポン！』と小さな赤い薬玉を出した。

「わ！　プラム、毒燃草の実で薬玉を作ってぶつけたんだね！」

『ポヨン！』

そう！　と、プラムが跳ねて頷く。

「すごい！　薬玉ってそんなふうにも使えるんだ！」

そんな使い方ができるなら、僕も戦える。

薬玉は薬だと思っていたから、武器にするなんて考えつかなかった！

「勉強したら僕にも作れるかな」

魔法薬師は毒薬についても学ぶけど、作ることはほぼしない。

そして僕はふと思った。そういえば昔、毒草も食べてたけど、あれは毒薬を作っていたんだよね。

ちょっと複雑な気持ちだ。毒薬なんて……何に使っていたのかはあまり考えたくない。

「……あれ？　おかしいよ、なんでプラムが薬玉を作れるの？」

僕はプラムを見下ろし、呟いた。スライムにできるのは、主に取り込んだものを【分解】、【浄化】することだ。稀に酸や毒を吐く種類もいるけど、薬玉を作れるのは製薬スライムだけだ。

「――プラム。君ってもしかして、僕の仲間なの？」

『ポヨ？　ポヨヨ？』

プラムは首を傾げ、ただプルプルと揺れている。

これは違うってこと？　それとも『しらなかったの？』って言ってるのかな。

「プラムとちゃんとお話しできたらいいんだけどなあ」

気持ちはなんとなく分かるけど、意思疎通を完璧にできるわけじゃない。

僕のスキル【友誼】はまだ四級。四級のスキル効果《以心伝心》じゃこれが限界なのだろう。

「ねえ、ロイ？　薬玉って何……？　プラムは酸を吐いて酔狂山羊を倒したのよね？」

「うーんと、酔狂山羊を倒したのはプラムなんだけど……ちょっと特別なことをしたみたい」

リディは目をぱちくりさせて、足下でポヨポヨ跳ねてるプラムを見つめている。

気味悪く思っちゃったかな。

「プラム、ありがとう。特別なことができるなんてすごい子なのね！」

えっ、と今度は僕が目をぱちぱち瞬いた。

リディはしゃがみ込み、プラムの両手（？）を握って笑っている。

プラムは戸惑っているのかプルルと小刻みに震え、それからそっとリディに頬ずりをした。

「あは！　プラムってプニッとしてて気持ちいい！」

『プルル！』

僕はホッと息を吐いた。よかった。リディは魔物や迷宮のことを、まだよく知らないだけかもしれないけど、身分も種族も違う僕らにちゃんと『ありがとう』を言ってくれる。

そう思ったら、僕の心の中にキラキラした何かが降ってくるのを感じた。

リディとは、この先も一緒に行動できたら嬉しいな。そう思う。

――この先も、仲間として一緒に行動したいなら、きちんと秘密を打ち明けたほうがいい。

塔があるここは、僕の秘密を話すにはちょうどいい場所だ。うん、話そう。

「リディ、移動しよっか。他にもまだ強い魔物がいるかもしれないし……あ、他の場所も危険かな？　もう帰ったほうがいいかな」

塔に行って話をするとか、ポーションを作り置きしたいとか言ってる場合じゃないかも。

「ちょっと待って、調べてみる」

リディは目を閉じて、長い耳をゆっくりと動かし集中している。

もしかして、耳で魔物の気配や魔素の濃さを探っているのかな？

「うん。魔素が異常に濃いのはこの魔素溜まりだけみたい。強い魔物の魔力も感じないし、他の場所はきっと大丈夫よ」

「エルフの能力ってすごい！　リディは【魔法剣】だけじゃなくて、こんなこともできるんだね」

そう褒めたら、リディはじわっと頬や耳を赤くした。

「そ、そう？　すごい……かな？」

「うん。だって僕には魔素の濃さや魔物の魔力なんて感じられないもん。しかも目で見えない場所まで分かるなんて、迷宮探索にはすっごく頼りになる能力だよ！」

「えへへ……ありがとう。安心して行きましょ！」

リディは、はにかんだ笑顔を見せる。

「うん。あっ、でもちょっと待って！　帰ったら酔狂山羊のことギルドに報告しなきゃいけないから、ちょっと証拠を取ってくる！」

『プル！　プルン！』

ぺちぺちと脚を叩かれ視線を向けると、プラムは草むらの中から何かを拾い、僕に差し出した。

「わ、角だ」

でも、なんで頭から生えていた角が落ちてるの？

そう思い、草むらをそーっと覗くと、酔狂山羊の頭はもう溶けてなくなっていた。プラム作の毒燃草の実の薬玉の威力、えぐい。

それにしても、角だけ残っただなんて、これは相当強度が高い素材なのかな？　いい値で売れそうだ。

「立派な角！　いい証拠ね。ポーチに入れておくね」

「うん」

微笑むリディに角を渡し、そして僕は思った。並ぶと今は、リディのほうが僕よりちょっと背が高いし、戦う能力もずっと上。でもそのうちどちらも追い付いて、追い越してやるもんね！

「なあに？　私の頭に何かついてる？　ロイ？」

「ううん、なんでもない！」

それにしても、ハズレにはいないはずの酔狂山羊が出るなんて異常事態だ。

魔素の濃さもだけど、やっぱり迷宮がおかしい。十二迷刻はまだ先のはずだけど、ハズレにも影響が出てたりするのかなあ。

◆　◆　◆

坪庭の魔素溜まりから出て、持ってきた丈夫で長いロープを岩に固定してゆっくりと崖を下りていく。リディは最初こそ恐る恐るだったけど、慣れたらスルスル下りていった。

あ、プラムは前と同じく一気にポーンだ。本当にどうしてあんな下り方できるの⁉

「あっちに落ち着ける場所があるんだ。そこでお昼ごはんにしよう」

そう言って、僕は崖下を探索したい気持ちを抑え、前も歩いた塔への道を進んだ。

「すごい……これ、古文字ね！　こんな手付かずの遺跡があったのね」

「うん。僕も驚いちゃった。ふふっ、ククルルくんがこんなの見たら大騒ぎしそうだなあ」

「ククルルくんって、古文書が好きなのよね？」

「うん、『古王国のよく分からない古文書』集めが趣味なんだって！　昨日はそれが原因で、誤解されて捕まっちゃったみたい」

リディはギュッと眉を寄せ「捕まっただなんてほんとにもう……」と呟く。

「そのケットシーのククルルくん、やっぱり私も会ってみたいなあ。可愛いんでしょう？」

「うん。すっごく可愛い！　でもすっごく自由だし、お菓子が大好きで、しっかりっていうかちゃっかりしてる。リディは懐かれそうな気がするなあ」

「ふふ！　本当に？　仲良くなれたら嬉しいな」

「うん。だってベアトリスさんにも懐いてたし。ククルルくんは女の人が好きなんだと思うよ」

「ええ？　何それ？」

そんな話をしながら、僕らは岩壁に挟まれた細い道を進んで行った。

「リディ、ここ。えっと……たぶん大丈夫だと思うけど、そうっと入ってみて？」

「うん？　分かった」

リディが塔の入り口の、黒い扉をそうっと開けた。鍵は僕が解錠した。

認めたくないけど、僕はこの扉がちょっと怖かった。前ここに入った時、昔の幻を見たせいだ。

あの光景は他の人にも見えるものなのか、僕だけに見えたものなのか。

「なんだかガランとした寂しい場所ね？」

「うん。そうだね……」

リディには何も見えなかったみたいだ。ホッとしたような、拍子抜けしたような不思議な気持ちで僕は俯く。そっか。やっぱりあれは幻か。やっぱり僕の仲間はもういないんだ。

すると、プラムが伸ばした手（？）で僕の指をきゅっと握ってくれた。慰めてくれてるのかな。

「あ、あんな高いところに窓がある。小さい窓だけど意外と明るいのね」

チチチ、と今日も鳥の囀りが聞こえてている。

――うん。そうだった。

僕はもうここから出たんだ。もうあの時の何もできない自分じゃない。俯くことなんかない。

「ねえロイ！　お昼ごはんにするならこっちにしましょ！　ここだけちょっと植物があって、明かりも入ってきてる」

「うん！」

リディが見つけた場所は、ほんの一部だけ残っていた永久薬草壁の前だ。

僕が石の床に防水布を敷いて、その上にリディが収納バッグから柔らかく薄いカーペットを出して敷いてくれた。これ一枚あるだけで、座り心地が全然違ってちょっとびっくりしてしまう。

「なるほど……お金を持ってる上級冒険者が収納バッグを買う理由がよく分かっちゃった」

「ふふ！　今日はこれだけじゃないのよ？　ロイにはお世話になったから、はい！　お弁当！」

「えっ……僕に⁉」

嬉しい！　だって今日の僕のお昼ごはんは、朝のお手伝いでもらったお芋だ。

リディがくれた包みを開けると、そこにはハムや肉を挟んだ豪華なパンが二つも入っていた。

「わぁ！　美味しそう」

掌サイズの丸っこいふわふわパンに、シャキシャキの葉野菜と薄いハムが何枚も挟んである。すごい、ズシリと重い！

もう一つのは鶏肉かな？　蒸してほぐしてある身に何か……トロッとしていて塩気のあるソース？　が絡めてある。こちらもズッシリ重い。

「ありがとう、リディ！　えっと、食べていい？」

「もちろん！　召し上がれ」

僕は頷き、大きな口を開けパクリと食いついた。

「んん、んー！　美味しい！」

この蒸し鶏を挟んだパン、今まで食べたことのない味！　ピリ辛で美味しい！

「よかった！　あ、あとこれはプラムに。スライムってなんでも食べるらしいけど、果物が好きな子が多いって聞いたから……」

プルン！　とプラムが跳び上がった。すごく喜んでいるみたい。

「果物が好きだったんだ。知らなかったよ」

「うん。えっとね……森に住んでた人に聞いたの」

『森に住んでた人』って、もしかしてエルフのことかな？

「その人は物知りなんだね……わっ、この野菜美味しい！」

「ほんと!?」

「うん。こんなに味が濃くて甘い野菜初めて食べた！」

僕が今まで食べていた野菜と同じものとは思えない。いや、新鮮だったらこれが普通……？

「うん、うん！　トマトもすっごく甘い！」

「よかった！　あのね、それ……私が育てたの」

リディはちょっと赤くなった耳をぴこぴこ動かして、嬉しそうな顔でニッコリ笑う。

「え？　この野菜をリディが作ったの？　全部？　お嬢様が畑仕事なんかして怒られない？」

「怒られないわよ？　あのね、実は私【緑《みどり》の手《て》】っていう植物育成スキルがあるの。最近になって、使わないのはもったいないと思って、試し始めたの」

「【緑の手】かぁ！　いいなあ。薬草とかも上手に育てられそう」

「そうね。エルフの中には薬草を育ててる一族もいるみたい。このスキルも、エルフの血のおかげかもね。ふふ」

ちょっと恥ずかしそうに笑い、リディはその長い耳にそっと触れる。

「エルフって、あまり人の社会には溶け込んでいないでしょう？　だから今までね、頑張って人に馴染もうと思って、耳とかエルフっぽい部分を隠してたの。でも、やめた」

「どうして？」

「冒険者になろうと思ったから。自分の腕一つで勝負するんだもの。使えるものはなんでも使わなくっちゃ。早く名を上げて、独り立ちしたいし！」

「うん」

リディは、何か事情があって冒険者になったんだろうけど、ずっと前だけを向いて進んでいる。

それは箱入りのお嬢様で、世間知らずだからこそ持てる強さかもしれない。

人によっては、リディのそんな部分を短所と言うだろう。でも僕は、リディが持っている真っ直ぐさは長所だと思う。自分の心と【スキル】を信じて、ずっと顔を上げているのはすごいことだ。

僕はまだちょこちょこ俯いちゃうもん。

「リディってすごいね」

「え？　ロイのほうがすごいでしょう？　何度も言ってるけど、私は教えてもらってばっかりよ？」

ポヨン、ポヨン！　とプラムが跳ねてリディの膝にペトンと乗った。

「あは！　プラムにも助けてもらってるね。ありがとう」

「ふふふ。リディ、違うよ」

「え？」

「プラムは『ごちそうさま！』ってリディにごはんのお礼を言ってるみたい」

「あ、そうだったの？　ふふっ。美味しかったならよかった」

プルプル！　と、プラムは楽しそうに揺れていた。

◆　◆　◆

僕らはペロリと食事を平らげると、出発の準備を整える。

けど僕の心はまだ、美味しかったごはんに囚われたままだ。ああ、本当に美味しかった……！

「ロイ、このあとは新エリアへ探索に行くの？」

「ううん。この塔の中で、ちょっとリディに見せたい場所があるんだ」

「あっ、ここって塔なのね。たしかにそれっぽい。それで、どんな採取場があるの？」

リディの瞳が期待で輝いている。永久薬草壁もあるから採取場といえばそうなんだけど、リディが期待する採取場とはちょっと違う気がする。

「採取場っていうか、僕だけの秘密の場所なんだけど……」

僕はすぐそばの床石を持ち上げ、下の工房に続く入り口を開けた。

「えっ……隠し扉!?　下に行けるの？　すごい！」

「うん。梯子があるんだけど、下りてみる？」

リディは穴から下を覗き込むと、躊躇なく梯子を下りた。

「すごい……！　全然朽ちてないのね！」

リディは目をキラキラ輝かせて工房を見回した。

見慣れないものが並ぶ工房を珍しそうに見つめている。

「ここがロイの秘密の場所なのね。ここは工房？　ここで調合をするのね？」

「うん。ここはこの前、偶然見つけたんだ」

工房の様子は、この前と特に変わりはなさそうだ。そう思ったのだけど、気になっていた永久薬草壁に目を向けて、僕は慌てて駆け寄った。

「おかしいな」

採取した部分がまだ伸びていない。それに、なんだかちょっと元気がないような……？　昔だったら、もうとっくに新しい芽が出て育っているはずなのに。

「水は変わらず壁を伝ってるのに、どうしたんだろう……」

プラムもポヨ？　ポヨヨ？　と左右に揺れては首（？）を傾げている。

「ロイ、どうしてここに連れてきてくれたの？」

「……リディ。あのね、僕の秘密はこの工房だけじゃないんだ」

「え？」

僕は緊張しつつ、腰に付けたポーチから二つのポーションを取り出してみせた。

一つはギルドの委託販売に出した『キラキラしているポーション』。もう一つは、この工房で前回作った『古王国の回復ポーション』だ。

「何これ……すごい魔力を感じる！　ロイが作ったの？」

「うん。僕には【製薬】っていうスキルがあってね、すごく品質のいいものが作れるんだ。でね、リディ。僕から提案があるんだけど聞いてくれる？」

「魔法薬師になるならピッタリそうなスキルね！　あ、それで提案って何？」

あれ？　【製薬】について何か聞かれるかなって構えてたんだけど……特に聞かれないならよかった。聞いたことないスキルだから気を使って流してくれたのかな。

「うん。実績を上げるために僕と取り引きをしない？　リディはポーションの材料になる薬草をたくさん採取をして僕に売る。どうかな？」

これは個別依頼だ。ギルドで一度に受注できる依頼の数は決まっている。級位が低ければ低いほど、受けられる数は少ない。だからその枠外――個人的な依頼だ。

これは違反ではないけど、ギルドは新人が、自分のキャパ以上の依頼を抱えてしまうことを懸念している。受注した依頼を達成できなければ、冒険者自身だけでなく、依頼者もギルドも困ってしまう。でも、それをちゃんと理解していれば問題はない。リディなら大丈夫だと僕は思っている。

「僕はポーションをたくさん作って、売って早くお金を作りたい。ほら、奉公先がなくなっちゃったから家がないし……」

ずっと簡易宿泊所で寝泊まりするわけにはいかない。

割引してもらっているとはいえ、もちろん料金は支払わなきゃいけないないし、あそこは長居できる場所ではない。泊まれる期間は決まっているんだ。

「で、リディは『名を上げる』ために、早く冒険者級位を上げたいんだよね？」

「うん」

リディは口元に指をあて、じっと考えている。この申し出が、リディの目的にとって価値があるものなのか、無価値なものかを考えているのだろう。

「この素材の下処理は孤児院に依頼してくれたらと思ってるんだけど、どう？」

「そっか、ロイに売る目的で採取して、大量の依頼を孤児院に出して、仕事を提供するってことね」

リディにとってもやる価値のある、有益な依頼だと分かってくれたようだ。

「ありがたい取り引きね。でも、心配なこともあるの。収納バッグがあっても私が採取できる量はたかが知れてるでしょう？　それに私は一人だから、そんなに深い階層には潜れないし……そうすると採取できるものも限られちゃうわよね？　でも、パーティーを組むのもちょっと……」

リディは素性を隠しておきたいみたいだし、僕以外に知り合いもいなそうだ。知らない人といきなり組みづらいのは分かる。

すると、僕らを見ていたプラムが、僕の腕をツンツンとつついた。

「どうしたの？」

プラムはググッと胸を張り『じぶんは？』と言うように自らを指さしている。ああ、そうか！

「ねえ、リディ。プラムとパーティーを組めばいいよ！」

「えっ？　プラムが私と一緒に迷宮に行ってくれるの？」

『プルン！』

プラムは大きく頷く。

「大歓迎よ！　可愛くって強いプラムが一緒なら心強いもの！　ロイ、プラムが一緒なら、大丈夫だと思う！」

「ほんと？」

「うん！　あ、でもたくさんってどのくらいの量を採取すればいい？　そうだ、保管場所はあるの？　置き場に困るんじゃ……」

「えっとね、それも大丈夫なんだ」

だって僕の【製薬】スキルがあれば、一瞬で薬を作ることができるから、素材の保管場所を心配する必要はない。

「リディ、ちょっと見てて？」

僕は収納バッグからポーションの基本材料を取り出す。どうせなら古王国レシピで作って見せようと、足りない素材は永久薬草壁から少しだけいただく。

プラムに【浄化】で洗浄してもらい、下拵えをしたら……

「【回復ポーション】！」

手元と材料が光ると、そこに山盛りの薬玉が出来上がった。

「えっ⁉　どういうこと？　えっ【製薬】スキルってこんな便利なスキルなの⁉　それにロイ、この玉って一体なに？」

この感じだと、リディは【製薬】に限らず、スキルについてあまり知らなかったのかな？

よし。僕は改めて、リディに【製薬】スキルと秘密を話そうと意を決した。

「僕、リディに聞いてほしいことがあるんだ」

嘘みたいな話なんだけど……と前置きをして、僕は全て告白した。

「――僕が作るポーションが、どうしてキラキラ光るのかはよく分からない。でも、品質が高いのは【製薬】スキルと、あの壁から取れる素材のおかげなんだ」

「そう……なのね」

リディは僕の言葉をじっくり咀嚼しているのだろう。

永久薬草壁を見て、薬玉を見て、そして最後に僕をじっと見つめる。

「本当の話だよ。こんなスキルも、こんな調合の仕方の魔法薬師もいないでしょう？」

たぶん僕のこれは、前世が製薬スライムだったからこそ授かった能力だ。リディがエルフの血により授かった【緑の手】と似ていると思う。だから……リディが受け入れてくれたらいいんだけど。

僕は、じっと黙り込んでこちらを見つめるリディを窺う。

どうしよう、信じてくれるかな。長く付き合う仲間になりたいと思ったから話したんだけど……

「うん。分かった。信じられないけど信じる！」

「信じてくれるの？」

「うん。製薬スライムなんて初めて聞いたけど、目の前でこのスキルを見たら信じるしかないでしょう？　ふふ！」

僕はホッとして、思わずプラムを抱きしめた。本当はリディに抱き着きたかったけど、それはちょっとだめかなって思ったから、プラムにしておく。

「ね、ロイ？　もしかしてプラムって製薬スライムなの？　あんなに強いし……」

「うーん。特別な子だとは思うんだけど、プラムのことは僕もよく知らないんだ。でも、プラムはここにいた子だし、薬玉みたいなものも作ってたから……製薬スライムの末裔かも……？」

腕の中に目を落とすと、プラムがプルルン！　と誇らしげにキレよく揺れた。

これは……どういう気持ちだろう？　《以心伝心》じゃよく分からないや。

本当に仲間だったりして……？

「それにしても、ロイの秘密には驚いた！　私が一生懸命に秘密にしてたことなんて、なんでもないことみたい」

「え？」

ふふ！　とリディは笑い再び僕を見つめると、きゅっと唇を噛みしめた。

そして、小さな声で「ロイ。私の秘密も聞いてくれる？」と言った。

「あのね、私の家は貴族なの。叔父様のお家にご厄介になってるんだけど……あっ、叔父様はお父様の弟なの。でもね、私、叔父様や叔母様からは疎まれてるみたいで……部屋がある離れからは出ちゃいけないの」

リディはそっと耳に触れ、寂しそうに微笑む。

貴族の子なんだろうってのは分かっていたけど、リディにそんな事情があったとは思ってもみなかった。まさかとは思うけど、もしかして、リディがハーフエルフだから？

「ずっと閉じ込められていたの。でもね、今年に入って離れの使用人が減って隙ができたから、仲のいい侍女や家庭教師に協力してもらって冒険者になったの」

「そっか……でもリディ、どうして冒険者なの？」

「うん。叔父様にね、私はまだ子供だから何もできないって言われていて……それはそうなんだけど、でも叔父様の子供たちはね、幼い頃から好きなことをなんでもやってるのよ。けど私には『大人しくしてなさい』って言って、外にも出してもらえない。何も許してもらえない」

リディは悔しそうに、悲しそうに笑う。

「だからね、私にもできることはある！　って見せることができたら、叔父様にも少しは認めてもらえるかと思って。で、私が持っている手札で挑戦できるのは冒険者かなって！」

ああ。だからリディは『私はこの街で名を上げたい』と言ったのか。

……あれ？　でも、冒険者として活動してたら叔父さんにバレちゃわない？

そう思った僕の目に、リディの収納バッグが映った。

ああ、そうだった。収納バッグなんて高価なものが家にあって、リディが簡単に持ち出せてしまうような家なんだ。ということは、貴族の中でもかなりいい家柄のお家ってことだよね？

リディの叔父さんがそんな家の当主なら、僕らとは住んでいる世界が違う。リディが……それこそイグニスのアルベール様くらい有名にならなければ、気付かれないだろう。

「もう成人まで一年しかないし、このままじゃ私、ずっと離れにいるだけだもの。そんなのつまらないでしょう？　私だって大人になったら独立したいし、自由が欲しい」

うん。衣食住に困ってないから幸せとは限らない。僕にも自由を求める気持ちはよく分かる。

「それにね、私……知りたいこともあるの」

「知りたいこと？」

「うん。私、迷宮のことが知りたいの。特に――『十二迷刻』」

十二迷刻？　リディはどうして十二迷刻について知りたいんだろう？

「私、十二迷刻って名前しか知らなかったから、何が起こるのかを詳しく知りたいの！　迷宮といえば冒険者でしょう？　だから私が冒険者として身を立てれば、私の願いが一気に叶うんじゃってて思ったの」

「そっか」

「うん。クランを持って活躍しているアルベール様みたいになれたら、私もきっと独り立ちを認めてもらえると思う。目標は来年の、十五歳の成人までに名を上げることよ」

「分かった。それじゃあ僕も、できるだけ協力するよ」

「……ありがとう、ロイ。私、頑張る！　早く冒険者級位を上げて、叔父様に独り立ちを認めてもらわなくっちゃ。それに、疎まれているんだもの。早くいなくなったほうがきっと喜ぶわ」

リディの笑みは寂しそうだ。心の奥で本当に思っていることは、きっと少し違うのだろう。

だけど僕は思う。リディは叔父さんに疎まれてるって言ってるけど、もしかしたらそれは少し違うかもしれないって……

だって、リディは自由に使えるお金も持っていて、お世話係の人もいい人みたい。それから着ている服も、食事も健康状態も全然いい。疎まれてるどころか、僕にはちゃんと愛されてるように見える。リディを離れに閉じ込めているのは、何か別の理由があるような気がするんだけど……

『ポヨン』

「……プラムもそう思う？」

『プルン、プルン』

プラムも同意するように大きく頷いた。

でも、リディがそう思ってるってことは、そう思うだけの理由もあるんだろうし。リディの事情を深く知らない僕が言うことじゃないよね。

「ふぅ。私も秘密を話したらスッキリしちゃった。ロイ、一緒に頑張りましょう！　素材採取の個人依頼もお受けします！」

「うん。よろしくお願いします！　僕もきちんと支払えるようにたくさんポーション作って稼ぐよ。リディは冒険者として、僕は魔法薬師を目指して頑張ろうね！」

僕らはがっちり握手をして、おでこを寄せ合いフフフッと笑った。

「そういえば……今更なんだけど、この工房って勝手に入って大丈夫だったの？　貴重な古王国の遺産だらけに見えるし、新エリアでしょう？」

リディは落ち着かなそうに耳をソワソワ動かしている。

「あ、うん。実はここのこと、まだギュスターヴさんにも言ってないんだ」

「えっ、ギルド長にも!?　いいの？」

「うーん……いいか悪いかで言ったら、よくはないと思う。でも、新エリアを発見しました！　って報告したら、きっとこの工房は使えなくなっちゃうから……」

本当にどうしようかなあ。

僕はちょっと迷って、リディにもう一つの提案をしてみることにした。

「あのね、僕が自分の部屋と調合器具を持てるくらい稼ぐまでは、この工房だけはギルドに秘密にしておきたいんだ。だからリディも黙っててくれると嬉しいんだけど……その、秘密にしてもらう代わりに、ここは僕とリディで見つけたことにしない？　どうかな？」

リディは驚いた顔を見せ、少し考えてから口を開いた。

「秘密にするのは構わないけど……本当にいいの？　ロイのお手柄じゃない！」

「え、いいよ。だって僕は手柄より工房が欲しいし、逆にリディは手柄が欲しいでしょ？　ちょうどいいと思わない？　ね！」

『プル？』

「ロイってば……」

リディはプラムと顔を見合わせて、ちょっと困った顔で笑っている。

「せっかくのお手柄なのに、ロイってば相当なお人好しね。なんだか心配。でも、その条件はとってもありがたいから、工房のことは秘密にします！」

「やった！　ありがとうリディ！」

そして僕とリディは、顔を見合わせまた笑う。

一人っきりで抱えるんじゃなくって、秘密を共有するのはなんだかワクワクしてしまう。

「秘密ね？」

「うん！　秘密！」

僕とリディは笑い合ったまま、どちらともなく首を伸ばしコツンとおでこをくっつけた。

あんまりにも顔が近くて、リディの綺麗な空色の瞳に自分が映っていたりして、ちょっと照れるけど楽しい。

「……私、同じ年頃の子とこれをやったの初めて」

「……僕も、すごく久しぶりにやった。なんか……ちょっとくすぐったい気分だね」

額を合わせるのは、約束を交わす時にする仕草だ。

『額《ひたい》には魔力が集まる』という言い伝えがあって、これには『お互いの魔力で契約を交わす』という意味がある。

「ふふっ……私、リディアーヌは秘密を守り、ロイの助けとなることを誓います」

「僕、ロイは秘密を守り、リディの助けとなることを誓います」

ふふふっ！　ともう一度笑い合ったら、ペトン！　と頬にプラムの手が伸びてきた。

「プラム？」

『プルルッ！　プルン！』

あれ？　じぶんもなかまに入れて！　とちょっと怒ってるみたい？

「あは！　ごめんね、プラム。プラムも秘密の仲間よね」

リディはしゃがんでプラムにおでこをくっつけ「ここの秘密を守り、プラムの助けとなることを誓います」と呟く。僕も続いて誓いの言葉を口にした。こうして、僕らには新しい秘密ができた。

でも、不思議なことに今とっても心が軽い！

秘密も悪くない。僕はおでこを撫で、そんなふうに思った。

◆　◆　◆

「それじゃ、僕はポーションを作るから、リディは好きにしてて！」

僕は腕まくりをして、素材を机に並べた。さっきリディにスキルを見せた時は古王国ポーションを作ったけど、今度はギルドで売る用だから普通のポーションだ。

まずはいつも通り素材を洗って……と、思ったけど、真正面からの視線がとっても気になる。

「リディ？　あの、毒の素材に触れたりしなければ、好きにしてていいんだよ？」

僕の真正面に座り、じっとこちらを見ているリディに言った。

「うん！　だからロイの調合を見たいと思って。ねえ、プラムも一緒にやるの？」

「うん。スライムのスキルで手伝ってもらうんだ。でも、リディ？　僕の調合見てても面白くないと思うよ？」

だって、素材を洗って細かくしてすり潰したら、あとは【製薬】スキルを使うだけ。

うん。やっぱり見てても面白くないと思う。僕はものすごーく楽しいけど！

「大丈夫よ。こんなにたくさんの素材が並んでるだけでも面白いもの！　私のことは気にしないで作業を続けて？」

じっと見られてるとちょっと緊張するけど……リディが退屈じゃないって言うならいいか。

「じゃあ続けるね」

僕は手に馴染み始めた誕生日祝いのナイフを使い、薬草を次々みじん切りにしていく。

なんでもないことをしているのに、見ているリディはなぜか楽しそうだ。

というか、さっき初めて知ったけど、リディは僕より一つ年上なんだよね。

「ふふっ！　リディ、よかったらちょっとやってみる？」

「いいの⁉　嬉しい！　やってみたいと思ってたの！」

そこからは、すり潰す作業はリディとプラムにお願いして、僕はひたすら薬草を刻んだ。

「よし！　下拵えは完了。では――【回復ポーション】！」

言葉と共に手元が光る。すると次の瞬間、机には薬玉が山になっていた。

「うわあ！　すごい、すごい！」

『プルルン！』

リディがプラムと一緒になってはしゃいでいる。

「えへ……すごいかな？　えへへ」

「すごいよ⁉　しかもこの薬玉、どれも鮮やかな色でキラキラ光っててすごく綺麗……！」

僕は照れくさいけど、でも嬉しい気持ちで作業を続けていく。

「次は魔力ポーションを作るよ！」

「はい！　今度はどんな出来上がりになるのかな……」

リディの耳が動いている。楽しそうなリディを見てると、なんだか僕も楽しいし嬉しい。

「――【魔力回復ポーション】！」

「わあ……！　こっちも綺麗ね！　キラキラして、まるで星空みたい！」

『プルン！　プルプル』

喜ぶリディの横で、プラムがポーション瓶を『にゅっ』と持ち上げた。そして瓶の口を薬玉に近付けると――

しゅぽっ、と薬玉が瓶に吸い込まれた。

「な、何それ……！　面白い！」

リディは立ち上がり僕をじっと見つめている。

「いいよ。プラムの真似してみて」

「私まだ何も言ってないのに！」

そんな全力で『やってみたい！』って顔してたら分かるよ。あはは！

◆　◆　◆

僕はポーションを作れるだけ作った。工房にはたくさんの空瓶があったけど、これは古王国時代の瓶だから、残念だけど売る時には使えない。

出来上がったポーションの薬玉はリディの収納バッグに詰め込んで、容量オーバーで入り切らなかった分は、予備の採取袋に入れて持ち帰ることにした。

三袋にもなってしまい、僕は両肩と背中に背負ってヨロヨロと歩く。

だけど、そこで思わぬ問題が発生した。

「ロイ、大丈夫？」

「だ、大丈夫！」

今、僕は採取袋を三つ担ぎ、不安定な縄梯子にしがみ付いている。

工房の出口は、相変わらず崩れた壁の隙間だ。

前回は蔓をロープ代わりにしたけど、今回は縄梯子を持ってきた。だから簡単に出られると思っていたんだけど……甘かった！

袋に入れた薬玉は意外と重くて、足下を確認しようと下を向くと、バランスを崩しそうになって危なっかしい。ちょっと欲張って作りすぎちゃったな……

「うわっ」

細い縄梯子から足がズルッと滑って、慌てて手を伸ばす。だけど採取袋の重さに引っ張られて縄に手が届かない！　うわっ、これまずい！

「ロイ！」

落ちる！　ギュッと目をつむって衝撃を覚悟した。

だけど次の瞬間、僕の背中に触れたのは硬い地面じゃなくて、プヨンとしたあの感触だった。

「……プラム？」

『プルプル！　プルル！』

まさかの二回目だ。プラムは僕を受け止めて、伸ばした手（？）で心配そうにペタペタあちこち触れてくる。これも前に崖から落ちた時と一緒だ。

「また下敷きにしちゃったね。えへへ……ありがとう、プラム」

『プルン！』

「もう！　ロイ、無理しないで？　私もプラムもいるんだから」

「えへ……ごめん」

「はい。荷物貸して！」

「え？　でも収納バッグに入れてもらってるし、このくらい僕が……」

『ポヨン！』

「だめ！」

プラムとリディは揃って手を伸ばし、採取袋を一つずつ持ってくれた。

ああ、プラムは持つというか頭に乗っけていた。プラムって器用だなあ！

塔の外に出ると、ちょうど日が傾き始めたばかりだった。今日はゆっくり歩いても、早めに街に戻れそうだ。ギリギリ孤児院に処理依頼を出しにも行けるかも。

「ねえ、ロイ。こんなにたくさんのポーションを一瞬で作れちゃうなら、お店も持てそうね！」

「お店⁉　えっ、僕の？」

「え？　だって魔法薬師になるんでしょう？　すごいスキルも持ってるし、私、てっきりお店を開くのかと……」

「あはは、それは無理だよ。お金が全然足りないもん」

でも、そうか。ずっと魔法薬師になりたいとしか考えていなかったけど、リディみたいにすごく素直だとそういう発想になるんだ。

「お店かあ……」

僕は所属してるお店もないし、師匠もいない。でも【製薬】スキルがあるし、古王国レシピもある。プラムもいるし、お金を稼ぐ手段もある。

よく考えたら僕……失くしたものよりも、新しく得たもののほうが多いんだ。

そう思ったら、心の中にブワッと大きな風が吹いた。

どうしよう。急にワクワクしてきた！　お店なんてまだまだ遠い夢だろうし、想像したこともなかったけど、やろうと思えば本当にできるかもしれない。

「リディ。お店、いいね……！」

「やだ。ロイったら、お店を持ちたいって考えていなかったの？」

リディはきょとんとした顔だ。前を跳ねながら歩くプラムは、小刻みに体を揺らして笑ってる。

「うん。そんな夢みたいなこと……夢に見たことすらなかった！　あはは！」

そっか、そうだよね。僕はもう、本当に自由なんだ。

僕は、自分の好きなことをして、何を夢見てもいいんだ！

「でも、まだ成人前だから、まだまだ先の夢かなあ。開業手続きとかも大変だって聞くし……やっぱりすぐには無理そうだなあ。でもいいなあ、お店。すぐにできたらいいのに」

「それじゃあ屋台は？　広場にたくさん並んでるじゃない」

「屋台か……アリかも！」

よし！　帰ったらギュスターヴさんに相談してみよう！

◆◆◆

街に着いた僕らは、その足で冒険者ギルドへ向かった。

僕が採取した薬草はポーション作りで全部使ったけど、リディの納品分はあるからね。

そして……今日のギルドには僕の楽しみが待っている！

「あのね、リディ。僕、実は今日、ギルドの売店にポーションを委託したんだ！　売れてるといいんだけど……！」

「あのキラキラしてるやつね。あれならきっと売れてると思う！」

「そうかなぁ……あ、そうだ。リディは今日すぐに帰る？　もし時間があるなら一緒に夜ごはん食べない？」

「行く！　夜も一緒に食事できるなんてすごく嬉しい！」

『ポムン！　ポムン！』

先頭を歩くプラムも大きく頷く。でもそのたびに、プラムに預けた採取袋が大きく揺れて危なっかしくて仕方がない。僕はプラムを追い越し前に出た。

「プラム、僕が扉を開けるからちょっと待っ――」

「あ！　ロイにゃ!!　プラムもまた会えたにゃね！」

バーン！　とギルドの扉が大きく開いて、そこから飛び出してきたのは、ククルルくんだ！

「ククルルくん！　こんなところでどうしたの？」

「お使いにゃ。ところでその子は誰にゃ？　紹介してほしいにゃ！」

ククルルくんは、美味しそうなクッキーを前にした時と同じ顔でリディを見上げて言う。

「リディだよ。僕の友達」

「初めまして、ククルルくん。リディよ。昨日は大変だったとロイから聞いてるわ。あの……握手、してもらってもいい？」

「ククルルにゃ！　握手くらいどうぞにゃよ！　よろしくリディ」

ククルルくんは少し緊張気味のリディの手を取って、両手でぎゅぎゅっと握る。

あ、リディの頬がばら色だ。きっとプニプニの肉球に魅了されているんだろう。

「リディ。買取窓口が混んできてるから、早く並んだほうがいいかも」

「えっ？　あ、本当！　それじゃあククルルくん、またね。ロイ、私行ってくるね」

僕に薬玉入りの採取袋を渡して、リディは素材買取カウンターへ走っていった。

「にゃっと！　そうにゃったにゃ。ククルルも忙しいんにゃった」

はにゃあ～と、ククルルくんは大袈裟なくらいの溜息を吐く。

「どうかしたの？」

「ククルル、ベアトおねーさんのところに泊まってるんにゃけど、あっちこっちにお使い中にゃ。今もギルド長にお届け物を持ってきたのにゃ！」

やっぱりベアトリスさんのところにいたんだ。いいなあ。錬金術師の工房かあ。調合のお手伝いとか、ちょっとだけでもいいから僕もやってみたい！

「ふふふ。ククルルくん、お疲れ様。でも何かご褒美もあるんでしょ？」

「あるにゃ！　ごはんとオヤツとあったかいベッドと、あと『古王国のよく分からにゃい古文書』も見せてもらえるのにゃ！　にゃ～、楽しみにゃ～」

ニャッニャッと笑うククルルくんは、なんだか悪い顔をしている。これは……何か企んでいたりして？　ベアトリスさん相手に何かしようとするなんて、さすがククルルくんだ。

「あ、そうにゃ。コレ！　ロイのポーション買ったにゃよ！」

パッと鞄から取り出して見せたのは、僕の名前が付いたポーション瓶だ。それも二本。

「売店を覗いてみたら、キラキラしてキレイにゃったから買ったにゃ！　そしたらロイが作ったポーションにゃっていうから、ベアトおねーさんにもお土産にゃ」

「えっ、ベアトリスさんにも⁉　どうしよう緊張する。でも、お買い上げありがとうございます！　ククルルくん」

「最後の二本にゃったにゃ！　買えてよかったにゃ〜」

「……えっ？　最後の二本？」

まさか。だって、ありったけの標準ポーション瓶に詰めて持っていったんだよ？

ポーションは全部で五十五本。そりゃ値段は相場通りにしたけど、僕は見習いだ。見習いのポーションにしては、あの値段はちょっと高い。使ってみたり、鑑定したりすれば品質のよさは分かるはずだけど、お手頃価格のポーションを鑑定する人なんていない。鑑定代のほうが高くつくもん。

「一日でそんなに売れるわけがないんだけど……」

多少時間がかかっても売り切れたらいいな〜と、そう思っていたくらいなのに……？

「なんでそんなに売れたんだろう……」

「キレイだからじゃにゃい？」

ククルルのコレクションに加えるにゃ。キレイなものも好きにゃ！　ククルルくんはそう言うと、尻尾を立て、上機嫌でギルドをあとにした。

「ええ。綺麗なんて理由で売れるかなあ……？　ねえ、プラム？」

『ポヨン？』

どうかなあ？　とプラムは首（？）を傾げている。そこへ買い取りを終えたリディが血相を変えて走ってきた。

「ロイ！　ロイ！　あのね、ギルド長が呼んでるってエリサさんが！」

「えっ。なんで!?」

そして僕は、エリサさんにギュスターヴさんの執務室へと連れて行かれた。プラムとリディも一緒だ。執務室に呼ばれることは滅多にない。そこは冒険者には縁のない場所だ。

「ロイ、私も一緒でいいの？」

「うん」

たぶん、ギュスターヴさんの用件はあのポーションのことだ。

もし塔や工房のことがバレたなら、誰かが先発調査に入っているはず。今日のハズレは、いつも通り僕の貸し切りだった。ということは、心当たりはポーションしかない。

ククルルくんが言ったことが本当なら、今日だけで五十五本も売れちゃったってことだもん。

そんなの普通はあり得ない。

「はぁ～……怒られるのかな」

僕はエリサさんの後ろを歩き呟く。

「えっ、ロイったら何したの……？」

「分からないけど、やらかしたのかも……」

『ポヨ』

リディは驚き、プラムはポヨポヨと、なぜか楽しそうに隣を歩き、伸ばした手（？）で僕の肩をポンと叩いた。プラムって本当に器用な子だね。

「ギルド長、エリサです。ロイくんを連れてきました」

入れ、と中から声がして、エリサさんが扉を開ける。

僕たちだけを部屋の中に入れ、「頑張ってね」と小声で言って手を振ってくれた。

「待ってたぞ、ロイ！」

こっちへ来いと手招きされて、僕は大きな机に向かっているギュスターヴさんの前に行く。

リディとプラムは、遠慮がちに後ろから付いてきてくれている。

「あの……僕、何かしちゃいました……？」

「した。ロイ。お前、あのヤバいポーション売店に出しただろう」

コトリ。ギュスターヴさんは机の引き出しから二つのポーションを出し、机に置いた。

一つは細かなキラキラが瓶の中で舞っている。これは僕が作ったポーションだね。もう一つは、僕の作じゃない、見慣れた色の初級回復ポーションだ。

「片方は僕のですよね。さっきククルルくんが、最後の一本を買ったって言ってたんですけど……」

「ククルルくんに会ったのか。あの子猫は本当になあ。可愛いんだが、手が早いし誰に対しても遠慮がなくて、俺が確保したポーションをかすめ取ったんだ」

ああ～！　ということは、僕のポーションはギュスターヴさんが回収したってことか～！

なんだ。完売を期待してなんかいなかったけど、五本くらいは売れないかなって楽しみにしてたんだけどなあ。

「最初の一本が売れたのは夕方五時頃だ。売店担当のモーリスが買ったんだ。で、そこから一気に売れ始めて、ククルルくんが買って完売だった」

「……ええっ⁉　回収したんじゃないんですか⁉　ていうか一時間ちょっとで売り切れって、なんでですか⁉　作り方はちょっと普通じゃないかもしれないけど、使用素材やレシピは至って普通ですよ⁉」

「いいや、普通じゃない。最初に気付いたのはモーリスだ。お前が初めて委託したポーションだからお祝いにって一本買ったらしくてな。で、ちょっと疲れたからちょうどいいって飲んでみたら……これはとんでもねぇ！　って騒ぎ始めてなぁ。そこからは嘘吐け、なら試してみろ！　って始まって、一気に売れたんだよ」

「ええ……」

「ちなみに俺も飲んでみたが……ああ、ちゃんと購入したぞ？　それでな、ロイ。これは回復量がおかしい。どう考えても初級じゃねぇ」

「ええ？　まさか」

「俺もまさかと思ったが本当だぞ？　というかお前、これの味見しなかったのか？　こんなにキラキラ輝いているのに？」

「味見はしたけど、ちょっと光ってる以外に変なところはないし、預ける時のチェックも通過したから普通の初級回復のポーションだと……？」

はぁ。ギュスターヴさんが小さな溜息を吐いた。

『ポヨン、ポヨン。ペチペチ』

背伸びをしたプラムが執務机に手（？）を伸ばし、ポーションを持つギュスターヴさんの手を叩いている。何か言いたいことがあるみたいだ。

「ん？　どうしたプラム」

ギュスターヴさんがプラムを覗き込むと、プラムがその手からポーション瓶を奪った。そして僕の作ではない、普通の初級ポーションをゴクリと飲んだ。

「プ、プラム！　だめだよ、それはギュスターヴさんの！」

飲み干したプラムは、ギュスターヴさんに向かって『ポヨン！』と跳び上がりその体を見せる。

薄紫色のプラムの体に、ポーションの緑色がじわぁ……っと広がり、スゥッと消えた。

プラムが飲むとそうなるのか。知らなかった。

「へぇ～……ていうか、プラム⁉」

僕らがスライムの不思議な生態を見つめている間に、プラムはキラキラしている僕作のポーションもゴクリと飲んだ。

「プラムってば！」

「ロイ、構わない。それよりプラムを見てみろ」

「え？」

ポヨ！　とプラムが胸を張っている。いや胸はないんだけど。

するとプラムの薄紫色の体には、みるみるうちに鮮やかな翠色とキラキラが広がった。

そして、色はじわじわと消えたが……キラキラした光は消えていない。

「え？　プラム、なんで光ってるの⁉」

『ポヨヨン！』

おかしいでしょ!!　ポーションに持続的な効果はない。飲んで回復するだけだ。

「はは！　面白いな。ロイ、薬師の目で見てどういうことだと思う？」

「こんなふうに薬の痕跡が残るなんて、初級ポーションじゃあり得ないです……」

詳しく調べたほうがいいかな。そう考え込んでいたら、ツンツンとシャツの袖を引かれた。リディだ。

「あの、ロイ？　同じものを持ってたら私に見せてくれない？」

「あ、うん」

僕はポーチに入れておいた同じポーションを手渡した。

リディは瓶の蓋を開け、クンクンと匂いを嗅いで、掌に一滴落としてペロリと舐めた。

あ、長い耳が緩く揺れてる。なんかちょっと考えてるっぽい？

「うん。ロイ、これ普通のポーションより強く魔力を感じる。素材に含まれている魔素がロイの魔力と結び付いたことで高められ、強く引き出されてるんだと思う」

『プル！　プルル！　プル！』

プラムも大きく跳ねて頷く。

跳ねるプラムの体はまだキラキラしていて、動くたびに体全体が淡く光るのが綺麗だ。

「なんて言ったらいいのかな……あ、私が【緑の手】で作った野菜がすごく美味しいのと同じよ。種や成分は同じでも、素材から引き出される魔素がすごく濃いの。この鮮やかな翠色も、キラキラもそのせいじゃない？」

「でも、どうして？」

なんでだろう？　これの前に作ったのは、塔の工房で古王国の回復ポーションを作った時だ。あの時と何か変わったことはなかった……？

「あ。もしかして熟練度？　僕の【製薬】スキルの力が上がった……？」

塔では普通の初級ポーションよりも手が込んでいて、レシピ的にも難しいものを作ったせいかもしれない。

そっか。なぜかたくさん作れたような気がしたのも、熟練度が上がっていたからなら納得だ。

「こりゃだめだ。このままでは売れん」

「えっ。ギュスターヴさん!?　でもこれ、ちゃんとポーションです！　変な薬じゃないです！」

「変じゃなくても普通じゃないだろうが。既に『キラキラポーション』って呼ばれてるんだぞ？

あー……君、リディだったな？　このポーション、どのくらいの回復量があるか判断できるか？」

「……含まれている魔素の量は中級には届かないけど、初級よりは遥かに多いです」

「なるほど——ロイ、初級の材料で中級に近いポーションなんて、大儲けだな？」

ギュスターヴさんがニヤッと笑った。

◆◆◆

そして、僕のキラキラポーションには、初級ポーションの二倍の値段が付けられることになった。

あ、キラキラ光る効果だけど、人間は飲んだ時の一瞬だけだった。

プラムは体が透けてるから、しばらく淡く光っていたみたい。よかった～。

キラキラポーションは、初級よりは高価で、中級よりは安価なポーションだ。

中級ポーションは、駆け出し冒険者にとっては消耗品のわりに高価で手が出しづらい。中堅冒険者になると、使う機会も増えるけど安価とまではいかない。

だからこれは、無理をしがちな新人にはお守りとして、中堅には無理なく使えるポーションとして重宝されるだろう。

「――とは、思ったけど！　売れすぎじゃない!?」

翌日。僕は木箱を抱え、売店と簡易宿泊所を行ったり来たりしていた。

冒険者ギルドから、たくさん作ってくれ！　と依頼を受けて、僕は朝からポーションを作っていた。

作っては瓶に詰め、売り切れては作ってまた瓶に詰めることを繰り返している。

「はいはい並んで！　ロイのキラキラポーションの在庫はあるから！　割り込むより並んだほうが早いぞ！」

売店担当のモーリスさんが、押し掛けた冒険者たち相手に声を張り上げていた。

なんでこんなに人が来るの!?　噂が回るのが早すぎだよ！

これを見ると、冒険者は情報収集能力が生死を分ける……というのも本当なんだなあと納得だ。

たった一晩でこんなに僕のポーションの噂が広まるって、冒険者の連絡網でもあるのかな？　って思ってしまう。

「ロイく〜ん！　こっち三本ください〜！」

「あ、はい！　プラム、エリサさんに持っていって！」

『プルンッ！』

僕と売店担当のモーリスさんだけじゃ手が回らないので、今日は臨時でエリサさんと、プラムもお手伝いに入っている。飛ぶように売れるポーション。材料はリディが張り切って採取してくれてるし、孤児院の薬草園からも急遽買い取った。

そして僕は、前世を思い出したおかげでいつの間にか増えていた魔力と、【製薬】スキルを使ってひたすらポーションを作っている。ほんの数日前までは、考えられなかったことだ。

「どうだ、ロイ。忙しすぎて無理してないか？」

「ギュスターヴさん！　大丈夫。それに、ちょっと無理してでも売れるうちに売らなくっちゃ！」

心配して見にきてくれたギュスターヴさんは、僕の返しに渋い顔をする。

なので僕は、ギュスターヴさんのお耳を拝借して、言葉を足した。

「僕、お金を貯めてお店を開きたいんです。だから稼げるうちに頑張らないと！」

するとギュスターヴさんは驚いた顔を見せた。

僕が将来の夢を語るなんて初めてだもんね。ちょっと照れくさいけど、でも、ギュスターヴさんには伝えておきたかったから、勢いで言っちゃった。

「店か。いいな。まあ、倒れねぇ程度に頑張れ」

ギュスターヴさんの掌が頭に乗せられそうになって、けれども今日は、いつもの『ポン』は降ってこなかった。あれ？　と思って見上げると、なんだかすごく嬉しそうな顔をしたギュスターヴさんが、僕の背中を『バシッ』と叩いた。

「いたぁ!?」

「頑張れよ、ロイ」

もう一度そう言って、ギュスターヴさんは二階へ戻っていった。

「ええぇ、なんだったの？」

びっくりして、ポーションの箱を落としそうになったよ!?

僕が首を傾げていると、エリサさんが笑いながら箱を引き取りに来てくれた。

「ロイくん〜よかったね！」

「え？」

「さっきの、ギルド長の『バシッ』ってやつ。あれって男性冒険者にしかやらないやつだよ〜」

どういうことだ？　とまた首を傾げる。

「もう子供扱いは卒業ってこと！」

「えっ」

だから今日は頭を撫でなかったの……？　僕はじわわと胸が熱くなるのを感じた。

僕、大好きで憧れのギュスターヴさんに、一人前って認めてもらえた……？

「寂しい？　ロイくん」

Roy

エリサさんはニヤニヤしつつ、優しい表情で僕の顔を覗き込む。きっと今、僕は顔が赤い。

「……ううん、寂しくない！　嬉しい！」

あはは～！　と明るく笑うエリサさんも、もう僕を撫ではしない。

「それでは、次のポーション作ってきてください！　ロイくん」

「はい！　プラム、行くよ～！」

『ポヨン！』

売店で見事なポーションさばきを見せていたプラムが、跳ねて寄ってくる。

あっ、プラムがキラキラしてる！　いつの間にか摘まみ飲み!?

「プラム、誰にポーションもらったの？」

ポヨ？　と指さす先はモーリスさんだ。忙しすぎて申し訳ないからと、モーリスさんにあげたやつをちょっともらったのか。

『ポヨ！　ポヨヨッ』

プラムは隠れるように、僕が抱えた空箱に潜り込む。プラムも朝から働きづめだし、仕方ないか。

僕はキラキラ光るプラムを撫で、一緒に部屋へと戻る。

「さあ、ポーション作らなくっちゃ！」

『ポヨ！』

僕の部屋はまだ冒険者ギルドの狭い簡易宿泊所だ。だけど大きく開く窓から見える空は、広くて清々しくて、早く冒険に行きたいな、そう思うような青い空だった。

『迷宮都市の錬金薬師』素材用語集

【苔《こけ》の乙女《おとめ》の台座《だいざ》】

高価な魔法薬によく使われる苔。ロイが作る古王国ポーションの材料にもなる。【毒素の吸着】や、素材同士を繋いだり、効果を高めたりする効果がある。


【彩人参《あやにんじん》】

様々な色と種類がある。色によって性質が違うので、用途に合ったものを選ぶ必要がある。食用に適しているのは赤と黄。魔法薬の素材にもなる。


【彩野《あやの》カブ】

主に食用。赤や紫、黄など様々な色があって、色ごとに味が違う。ロイが好きなのは、焼くとホクホクして生よりさらに甘くなる黄色。


【不忍草《しのばずそう》】

初級回復ポーションの材料になる薬草。水辺や湿気を好む。高く伸びる草なので見つけやすい。素材同士を繋ぐ役割を持っている。


【迷宮苺《めいきゅういちご》】

魔法薬の材料としても使われるが、食材としての人気が高い。甘くて美味しい苺。


【孔雀花《くじゃくばな》】

上級回復ポーションの材料になる薬草。孔雀の羽に似た花を咲かせる。高値で売れる。


【鎧毒蛙《よろいどくがえる》の皮《かわ》】

ロイがハズレの工房で発見した素材。硬く分厚いので加工は大変だが、いい革になる。特殊な調合時に使う手袋にも利用される。


【毒燃草《どくもえくさ》】

炎属性の毒草。根が黒く、独特な匂いがする赤い実をつける。赤い実は触るだけで火傷を負う。たくさん集めて衝撃を与えると爆発する。


【雪割《ゆきわり》スミレ】

バスチアが作った粗悪品の古文書レシピポーションに使われていた素材。【安眠】や【安息】の効果がある。冬の間、雪の下で冬眠をする初春の花。

【天草《あまくさ》スミレ】

ロイが作る古王国ポーションの材料になる。高地に生える初春の花。空のように澄んだ青色をしている。【鎮静】効果がある。


【日輪草《にちりんそう》】

回復ポーションのベースとなる薬草。ロイが作る古王国ポーションの材料にもなる。丸い形の黄色い花が咲く採取するのは蕾のほうがいい。栽培もできる。


【リコリス】

バスチアが作った粗悪品の古文書レシピポーションに使われていた素材。黄金リコリスとは違い、様々な色の花を咲かせる。球根は黄金ではない。


【黄金《おうごん》リコリス】

初級回復ポーションや、ロイが作る古王国ポーションの材料になる。黄金の球根部分を使用する。毒があるが薬にもなる。赤い花を咲かせる。


【大玻璃立羽の虹羽《おおるりたてはのにじばね》】

迷宮にだけ生息する大きな蝶の、透き通った虹色の羽素材。年に数回、羽は生え替わるため、落ちた羽根を採取する。


【兎花《うさぎばな》】

初級回復ポーションや、ロイが作る古王国ポーションの材料になる。兎に似た白い花が咲く。蜜にほのかな甘みがあり、調味料や薬草の苦みを和らげるのに使われる。


【七翠玉《しちすいぎょく》ブドウ】

中級以上の魔力回復ポーションに使われる。色の濃さが違う翠色の実がなるブドウ。実には濃縮された魔素が詰まっている。


【苦銀糸の葉《にがぎんしのは》】

針状の葉は、魔力をよく通す性質があり、魔道具作成に利用される。高値で売れる。

Re:Monster
リ・モンスター
1〜8.5〜9・外伝
暗黒大陸編1〜3
金斬児狐
Kanekiru Kogitsune
シリーズ累計
150万部
(電子含む)
突破!
2024年4月
TVアニメ
放送決定!!
ネットで話題沸騰!
怪物転生
ファンタジー
最弱ゴブリンの下克上物語 大好評発売中!
【小説】
1〜9巻/外伝/8・5巻
●各定価：1320円(10%税込)
●illustration：ヤマーダ
新章
【小説】
1〜3巻(以下続刊)
●各定価：1320円(10%税込)
●illustration：NAJI柳田
コミカライズも大好評!
【漫画】
1〜10巻(以下続刊)
●各定価：748円(10%税込)
●漫画：小早川ハルヨシ

この作品に対する皆様のご意見・ご感想をお待ちしております。

おハガキ・お手紙は以下の宛先にお送りください。

【宛先】

〒150-6019 東京都渋谷区恵比寿 4-20-3 恵比寿ｶﾞｰﾃﾞﾝﾌﾟﾚｲｽﾀﾜｰ 19F
(株) アルファポリス　書籍感想係

メールフォームでのご意見・ご感想は右のＱＲコードから、
あるいは以下のワードで検索をかけてください。

アルファポリス　書籍の感想　検索

ご感想はこちらから

本書は Web サイト「アルファポリス」(https://www.alphapolis.co.jp/) に投稿されたものを、改題、改稿、加筆のうえ、書籍化したものです。

迷宮《めいきゅう》都市《とし》の錬金薬師《れんきんくすし》

覚醒《かくせい》スキル【製薬《せいやく》】で今度《こんど》こそ幸《しあわ》せに暮《く》らします！

織部《おりべ》ソマリ

2024年 1月 31日初版発行

編集－和多萌子・宮坂剛
編集長－太田鉄平
発行者－梶本雄介
発行所－株式会社アルファポリス
〒150-6019 東京都渋谷区恵比寿4-20-3 恵比寿ｶﾞｰﾃﾞﾝﾌﾟﾚｲｽﾀﾜｰ19F
TEL 03-6277-1601（営業） 03-6277-1602（編集）
URL https://www.alphapolis.co.jp/
発売元－株式会社星雲社（共同出版社・流通責任出版社）
〒112-0005東京都文京区水道1-3-30
TEL 03-3868-3275
装丁・本文イラスト－ガラスノ
装丁デザイン－AFTERGLOW
印刷－中央精版印刷株式会社

価格はカバーに表示されてあります。

落丁乱丁の場合はアルファポリスまでご連絡ください。

送料は小社負担でお取り替えします。


ISBN978-4-434-31922-8 C0093